KB232677

불온한 식탁

불온한 식탁

나여경 소설집

산지니

차례

더미의 변명

드디어 올 것이 오고야 말았다. 어제 일만 생각하면 자다 가도 일어나 벽을 친다. 두 번 생각할 것도 없이 눈물 나게 아깝다. 군인 담요 위에 여기저기 널린 만 원권 지폐가 눈에 삼삼하다. 범털 하면 손 크기로 유명한데 어제 그 판만 뒤집어지지 않았다면 나는 범털 형님한테 적어도 두 장은 받아 챙길 수 있었다. 이런! 젠장, 다리가 쑤신다. 순전히 내 실수다. 문방의 임무가 뭔가. 안심하고 게임을 즐길 수 있게 안보에 만전을 기해야 하는데 평상시의 나답지 않았다. 나는 이 일에 자부심을 느끼고 있다. 이 일에 뛰어든 지 삼 일 만에 범털 형님이 "니 체질이다, 체질" 했을 때 나는 이미 결심했다. 내 목숨을 걸어 보자고. 그랬던 내가 어제와 같은 실수를 하다니. 그런 일이 자주 생기다 보면 문방으로서 수명이 짧아진다. 무엇보다 범털 형님의 기대에 어긋난 것이 못내 아쉽다. 어렵게 범털 형님의 신임을 얻었는데 그런 불상사가 생기다니. 처음부터 범털 형님이 나를 신임했던 건 아니다. 크고 작은 일에 몸을 사리지 않는 나를 눈여겨보던 형님이 결정적으로 신임하게 된 건 어느 날 게임 도중 벌어진 싸움에서 날아오던 칼을 내 몸으로 막고 나서부터였다. 그때 입은 상처가 지금도 허벅지에 남아 있다.

3개월 정도 지나면 창고를 옮겨야 하는데 벌써 4개월째 한 자리에 있었으니 그런 일이 터질 법도 하다. 포커를 하는 놈들은 도박장을 고상하게 하우스라고 한다지만 우리는 창고라고 부른다. 하지만 결정적인 실수는 그 젖 냄새, 백조 때문이었다. 그 젖 냄새가 내 인생에 있어 일생일대의 실수를 하게 만든 것이다. 하지만 그녀의 젖 냄새는 지금도 잊히지 않는다. 나이를 가늠하기 어려운 여자였다. 그녀가 우리 창고의 레스토랑으로 들어온 건 3개월쯤 되었다. 게임을 즐기다 목이 마르거나 출출하면 그녀를 호출

한다. 그녀는 창고 옆의 두 평짜리 공간에서 레스토랑으로 불리는 매점을 운영한다. 수입이 괜찮아서 쉽게 들어올 수 없는 자리인데 범털 형님이 추천했다고 들었다.

살결이 그야말로 백옥 같았다. 희고 목이 긴 그녀를 처음 본 보살들이 백조라고 부르게 되면서 그녀는 자연히 백조가 되었다. 나는 창고에 온 손님을 보살이라 부르는 걸 들으며 웃었지만 생각해 보면 일리 있는 말이다. 절은 아니지만 어쨌든 이곳에 시주하러 오는 것 아닌가. 그녀를 만지면 차고 매끄러운 감촉의 대리석 느낌이 날 것 같았다. 이 세계가 그렇듯 그녀 역시 나이나 이름 따윈 모른다. 그저 처음 본 느낌을 그대로 붙이면 그게 보살의 이름으로 통한다. 그녀도 그랬다. 처음 본 느낌, 백조. 굵게 파마한 머리는 항상 촉촉이 젖어 있고 담배 연기를 빨아들이는 붉은 입술은 내 거기에 피를 몰리게 했다. 나뿐 아니라 그녀를 본 사내들은 모두가 다 그랬다. 무엇보다 내가 그녀를 좋아하게 된 건 가끔 주방 유리창으로 보이는 그녀가 항상 책을 들여다보고 있기 때문이었다. 어떤 내용의 책인지는 모르지만 나는 그런 모습의 그녀가 좋다. 어쩌다 이런 도박판에 들어오게 되었는지 알 수는 없지만 한마디로 레스토랑에 있기에는 아까운 여자다. 새벽에는 대형쇼핑몰에서 숙녀복을 판다고 했다. 한 번도 그 이유를 묻지 않았지만 이곳에 들어온 그녀도 나처럼 돈을 무지하게 많이 벌어야 하는 이유가 있나 보다. 그러고 보니 그녀와 나는 서로에 대해 아는 것이 아무것도 없다. 이곳의 룰이긴 하지만.

게임이 한창 진행 중이었다. 나는 수상한 그림자가 있는지 살피기 위해 담 주위를 서성이고 있었다. 가녀린 실루엣이 나타났다. 숨을 죽이고 실루엣이 다가오기를 기다렸다. 그녀였다. 나를 보자 그녀가 웃었다. 가지런한 치아 위로 삼각형의 입술을 만들어 웃는 그녀를 보자 가슴이 뛰었다. 그녀의 웃는 흰 얼굴에 달빛으로 물든 나뭇잎 그림자가 문신처럼 어롱졌다. 내게 다가온 그녀가 내 손을 잡아끌었다. 또다시 그녀에게서 비릿한 젖 냄새가 났다. 환장할 그 젖 냄새. 익스프레스라고 적힌 트럭 뒤로 내 손을 이끈 그녀가 옆이 트인 치마 속 다리를 들어 내 사타구니 사이에 집어넣었다. 그러고는 내 바지 지퍼 위로 손을 얹었다. 나는 애써 몸을 뺐지만 손은 어느새 그녀의 가슴으로 가고 있었다. 그녀의 대리석 같은 살결은 따뜻했다. 손바닥에 와 닿는 그녀의 팔딱이는 심장 소리를 느끼자 노곤한 피로가 몰려왔다. 눈을 감았다. 내 머리를 쓰다듬는 그녀의 손길에 내 입에서 외마디 탄식이 새어 나왔다.

곰이 뜬 건 그때였다. 멀리서 헤드라이트 빛이 보였다. 곰이다, 외치는 함성과 급히 뛰는 구둣발 소리, 냄새를 맡은 우리 애들이 대문을 걸어 잠그는 소리가 뒤섞여 들렸다. 나는 집 뒤로 달렸다. 예상대로 비상문이 열리고 범털 형님이 호위를 받으며 뛰어나왔다. 우선 범털 형님을 차에 태워 보낸 후 다른 보살들을 위해 비상문을 열었다. 이미 마당으로 진입한 두 명의 곰이 보였다. 어쩔 수 없이 그들과 맞설 수밖에 없었다. 나를 보자 순간 멈칫하던 한 명의 곰이 먼저 주먹을 날렸다. 급히 고개를 옆으로 피하며 발을 올려 곰의 옆구리를 강타했다. 짧은 신음과 함께 중심을 잃은 곰을 발로 차 넘어뜨렸다. 몸을 돌려 뛰려는 내 등으로 불구덩이 쏟아진 듯 통증이 느껴졌다. 곰이 내 등을 향해 내려친 각목이 반 토막 나며 멀리 튀어 달아났다. 몸을 낮췄다가 나를 향해 다가오는 곰의 복부를 구둣발로 찍었으나 헛발질이었다. 중심을 잃고 쓰러진 내게 곰이 다가왔다. 급한 대로 돌을 주워 던졌다. 이마를 움켜진 곰의 손가락 사이로 흐르는 피가 보였다. 내가 몸을 급히 일으켜 비상구 쪽으로 뛴 것과 대문 쪽에서 웅성거리는 소리가 들린 것은 거의 같은 시간이었다. 다른 곰들이 몰려오는 소리였다.

이곳에서 나는 일명 '문빵' 으로 불린다. 창고로 불리는 도박장을 물색하고 게임 도중 벌어지는 불상사를 막아 내는 것이 내 일이다. 때로는 목숨이 위태롭고 몸을 다치는 일이 많지만 이 일을 하는 이유는 다른 일보다 수입이 많기 때문이다. 인격적으로 존경하지는 않지만 아무에게나 쉽게 주지 않는 일을 내게 맡긴 범털 형님에게 고마움을 느끼고 있다. 범털 형님만큼 자리를 확고하게 지키고 있는 사람도 드물다. 특히 교묘하게 경찰의 단속망을 피하는 데에는 신출귀몰한 사람으로 정평이 나 있다. 범털로 통하는 형님의 본명이나 다른 인적사항을 아는 이는 아무도 없다. 물론 경찰들도 형님의 존재를 알지 못한다. 일 년에 몇 번씩 범털이란 인물이 경찰에 잡히고는 있지만 형님과는 무관한 일로 마무리된다. 그야말로 곰처럼 미련한 치들이다. 어쨌든 이왕 일을 할 바에는 그런 능력 있는 사람 밑에서 해야 한다고 생각한다. 그런 면에서 나는 행운아다.

모두들 날더러 다혈질이라고 하는데 나의 다혈질은 아버지로부터 비롯됐다. 씨도둑은 못 한다고들 하지 않던가. 요즘은 야구나 농구가 스포츠의 전부인 양 떠들어 대지만 내가 어렸을 땐 레슬링이야말로 최고의 인기 있는 스포츠였다. 아버지는 레슬링의 박치기 왕 김일을 좋아했다. 김일의 레슬링 경기가 중계되는 날이면 아버지는 만사를 제쳐 놓고 보아야 했다. 그날은 김일이 일본 선수와 싸우던 날이었다. 초반에 김일의 박치기 세례를 받은 일본 선수가 비틀거리자 아버지는 그렇지 그거야, 하며 곁에 있던 주전자를 연신 박치기로 들이받았다. 그러다 일본 선수 헤드락에 걸려든 김일 선수가 빠져나오지 못하자 흥분한 아버지가 물을 벌컥벌컥 마시더니 벌렁 뒤로 드러누웠다. 그러고는 영영 일어나지 않았다. 나는 아비 없는 자식이란 말보다 아버지가 박치기 때문에 죽었다는 말이 더 듣기 싫고 창피했다.

먼지 낀 유리창에 뿌옇게 새벽이 번져 온다. 다리가 욱신거린다. 곰들이 들이쳤을 때 도망치다 삐꺽한 다리의 통증이 여전하다. 허리와 다리에 붙인 파스를 한 번 더 눌러 붙이고 벽을 의지 삼아 일어난다. 벽 거울에 잔뜩 찌푸린 얼굴의 내가 들어 있다. 물끄러미 바라보는 나를 향해 눈가에 대일 밴드를 붙인 거울 속의 사내가 하루의 안녕을 빈다. 나는 애써 표정을 바꾸며 못에 걸린 점퍼를 내려 입는다.

새벽시장이 이렇게 활기를 띠고 있는 걸 한창 깊은 잠에 빠진 이들은 모를 것이다. 그야말로 불야성이다. 나도 한때는 이곳에서 일했다. 지게꾼이었다. 지금은 새로 지은 대형쇼핑몰에 모두 승강기가 설치되어 있지만 그땐 이렇지 않았다. 공장에서 마무리까지 마친 옷이 건물 입구에 부려지면 그걸 지고 사, 오 층까지 계단을 걸어 올라가 각 상점에 배달을 하는 일이었다. 새벽에 일하는 막노동이라 수입이 괜찮았다. 이렇게 새벽시장을 뒤지고 다니는 것은 그녀를 만나기 위해서다. 창고가 아닌 다른 곳에서 그녀를 만나면 어떤 기분일까? 계단에 옷이 든 커다란 검정봉투가 곳곳에 쌓여 있다. 지방에서 올라온 소매상들은 커다란 옷보따리를 들고 다니기 힘든 탓인지 발로 밀고 다닌다. 상점 앞을 지날 때마다 커다란 검정비닐에 발이 걸려 넘어질 뻔 한다. 상점의 종업원 얼굴을 보며 걷느라 발밑을 보지 못한 탓이다. 위층으로 올라가려고 계단을 찾던 내 눈에

16

코너에서 손님을 향해 활짝 웃고 있는 그녀가 보인다. 그녀에게 선뜻 다가가지 못한다. 고개를 돌리던 그녀가 나를 알아보고 손짓한다. 대일 밴드를 붙인 얼굴과 절뚝거리는 내 다리를 본 그녀가 말한다.

"꼭 더미 같군."

순간 나는 '덤 같군' 이라고 듣는다. 뭐, 덤? 되묻지만 그녀는 입가에 미소를 지은 채 나 만나러 왔어, 한다. 나는 바지 하나 사러 왔는데 안 보이네 하며 딴청을 부린다. 그녀가 다 안다는 표정으로 피식 웃는다. 엉덩이를 내밀며 수그리고 있는 상체 없는 마네킹이 보인다. 얼굴과 가슴 없는 마네킹의 허리를 만지는 커다란 내 손을 그녀가 바라본다. 커다랗고 흠집 많은 손이 남 앞에서 부끄럽긴 처음이다. 나는 손을 바지 주머니 속으로 감춘다. 내 손이 태어날 때부터 컸는지는 모르겠다. 이 손으로 안 해 본 일이 별로 없다. 아버지가 돌아가신 후 어머니는 나를 외할머니 댁에 맡기고 먹고 자는 조건으로 부잣집에 식모를 살러 갔다. 어머니는 돈을 많이 벌면 오겠다고 어린 내게 말했다. 외사촌들이 외숙모에게 하루도 빠짐없이 매를 맞고 욕을 먹었지만 어머니가 곁에 없는 나는 그들이 부러웠다. 장대로 지붕의 기왓장을 건드려 떨어뜨려도 외숙모는 나를 혼내지 않았다. 가족이라는 이름으로 묶인 그들 속에 섞일 수 없었던 나는 빨리 자라고 싶었다. 그래서 내 가족을 만들고 싶었다. 백조, 그녀를 만나는 순간 이 여자라면 내 평생을 바쳐도 아깝지 않을 것 같다는 생각이 들었다.

핸드폰이 울린다. 범털 형님이다. 이 시간에 전화한 걸 보니 급한 일이 생긴 모양이다. 내일은 원정을 간단다. 대부분의 창고, 즉 게임을 할 수 있는 장소는 문방이 제공한다. 집은 백 퍼센트 월세다. 보증금을 주지 않고 얻기 때문에 대부분 허술하다. 더욱이 단독주택이니 노후한 시설이다. 어제와 같은 일이 터지면 그 집은 그걸로 끝이다. 창고를 제공한 사람이 문방 일을 보는 것은 당연지사다. 자기 집에 온 손님, 아니 보살들이 편안하고 안전하게 놀다 갈 수 있게 배려하는 것은 인지상정 아닌가. 내 창고가 그렇게 됐으니 다른 창고를 구할 때까지는 원정을 간다. 내일은 문방으로서가 아니라 형님 돈 가방만 들고 다니면 된다. 현금이 가득 들어 있는 가방 두 개를 지키는 일이 내 임무다.

머리 위로 정오의 작열하는 태양 빛이 뜨겁다. 그녀가

일을 마칠 시간이다. 발목을 덮는 눈부신 흰색 치마 위에 시폰 소재의 볼레로를 입은 그녀가 내게 걸어온다. 발걸음을 옮길 때마다 볼레로 밑으로 그녀의 허리선이 언뜻언뜻 보인다. 길 가던 이들이 내 옆에서 걷는 그녀를 힐끗거린다. 기분이 좋다. 그녀에게서 또 그 냄새가 난다. 젖 냄새…. 하여간 난 이 젖 냄새에 왜 그런지 사족을 못 쓴다. 언제부턴가 여자를 안을 때마다 나는 냄새부터 맡는다. 향수를 진하게 뿌린 여자는 뭐라 표현하기 어려운 그런 냄새가 없어서 처음부터 내키지 않는다. 처음으로 친구 누나에게 동정을 묻은 후 여자에게서 젖 냄새가 난다는 걸 알았다. 그녀의 동굴 속으로 숨어들며 느끼던 온몸의 신경을 당기고 조이는 쾌감보다 오래 남은 건 그 냄새였다. 하지만 여자들이 다 그런 건 아니다. 백조를 처음 보던 날 그녀에게서 젖 냄새가 났다. 그래서 나의 백조는 특별하다.

그녀의 지하 방에는 가방들이 많다. 벽에 걸린 여러 종류의 핸드백 말고도 두 짝 자리 장롱 위에 크고 작은 가방들이 누워 있거나 세워져 있다. 거울이 붙은 화장대 위에 늘어놓고 치장하는 여자들과는 달리 화장품 가방 안에 로션과 루주 등이 들어 있다. 화장품 가방의 열린 뚜껑에 붙은 거울 속으로 벽에 걸린 가방이 보인다. 레이스 커튼이 드리워진 그녀를 닮은 방을 연상했던 나는 서성거린다. 금방 떠나야 할 역처럼 자리를 잡고 앉기가 부담스럽다. 그녀는 정말 알 수 없는 여자란 생각이 든다.

그녀가 검정 봉투를 들고 들어온다. 봉투 안에는 커다란 초와 카스 캔 맥주 네 개가 들어 있다. 초에 불을 붙인 그녀가 전등을 껐다. 그때까지 방 안에 전등이 켜진 걸 몰랐던 나는 멈칫한다. 그녀와 벽에 등을 대고 앉아 맥주를 마신다. 그녀와 내가 길게 뻗은 발아래 빈 캔 두 개가 우리를 마주보며 나란히 서 있다.

"너에게서 젖 냄새가 나."

"젖 냄새?"

그녀가 나를 바라보며 깔깔 소리 내어 웃는다. 그녀의 입김에 촛농을 밟고 서 있던 촛불이 휘청 허리를 꺾고 뒤로 넘어졌다 일어난다. 마치 그녀를 따라 웃는 듯하다.

"혹시 어렸을 때 어머니와 많이 떨어져 지냈어?"

맥주를 한 모금 입에 머금던 나는 사레가 걸린 듯 다 삼키지 못하고 쿨룩거리고 만다. 그녀가 화장지 두 장을 뽑아 내 입가를 닦아 주며 조용히 말한다.

“내게서 젖 냄새가 나는 게 아니라 아마, 니 기억 속에서 나는 걸 거야.”

“기억 속?”

나는 몸을 돌리고 그녀를 바라본다. 무릎을 끌어당겨 그 위에 머리를 올린 그녀가 잠시 생각에 잠기는 듯하다.

“그걸 프루스트 현상이라고 한대.”

“프루스트 현상?”

나는 처음 말을 배우는 아이처럼 프루스트 현상이라고 그녀를 따라 말해 본다.

“잃어버린 시간을 찾아서라는 책이 있는데 그 작가 이름이 프루스트야.”

나는 그녀가 프루스트라고 발음할 때 동그랗게 오므려지는 그녀의 입술을 깨물고 싶은 충동을 느낀다.

“그 책에서 주인공이 홍차에 적신 과자 냄새를 맡고 어린 시절의 기억을 찾아 시간여행을 떠나는데 작가 이름을 따서 냄새가 기억을 이끌어 내는 것을 프루스트 현상이라고 한대.”

역시 나의 백조는 뭔가 특별하다. 그녀의 말처럼 나도 기억 속 젖 냄새를 떠올리며 젖을 빨던 어린 시절과 어머니를 그리는 것일까? 그녀가 내 머리를 가슴에 끌어안는다. 나는 그녀의 품에 안겨 그녀의 젖을 빤다. 내 발에 치여 서 있던 빈 캔이 넘어진다.

초등학교 6학년이 되고 얼마 후 어머니와 나는 같이 살게 되었다. 하지만 서먹하기 이를 데 없었다. 어머니와 내가 함께 간직할 추억의 시간들을 놓쳐 버린 대가였다. 어머니는 고사리, 취나물, 호박오가리 따위를 경동 시장에서 받아다 시장좌판에 늘어놓고 팔았다. 아침부터 데치고 삶은 나물을 손질하여 저녁 늦게까지 장사하는 어머니와 마주앉아 식사를 해 본 기억이 별로 없다. 항상 내가 먼저 자리에 누워 잠이 든 척, 눈만 감고 있을 뿐이다. 어머니는 자리에 누우며 휴, 한숨을 내쉬었다. 그러고는 이내 낮은 코를 골며 깊은 잠에 빠졌다. 나는 움직이지 않고 그대로 누워 있다가 잠든 어머니 품에 살짝 안겨 보았다. 마른나물 냄새와 섞인 비릿한 젖 냄새가 나는 것 같았다. 몸과 마음이 편안해지며 금세 잠이 올 것 같았다. 그러다 어머니가 몸을 뒤척이면 얼른 돌아누워 잠든 척했다. 결국 어머니와 나는 같이 산 지 6개월 만에 속내를 드러낸 깊은 정 한 번 나누어 보지 못하고 영원히 헤어지고 말았다.

　그날은 가을 운동회 날이었다. 나는 다른 때보다 일찍 일어났는데 배가 고파서이기도 했지만 마음이 들떴기 때문이었다. 고추잠자리가 학교 화단에 떼 지어 나타나면 어김없이 가을 운동회가 열렸다. 친구들은 소풍 가는 날을 가장 좋아했지만 나는 운동회 날을 제일 기다렸다. 시험성적이 좋지 않고 수업시간에 필요한 준비물을 제대로 챙겨 가지 않아 선생님께 매를 맞은 적이 많았지만 운동회 날만큼은 선생님과 친구들뿐 아니라 모두에게 박수를 받는 기분 좋은 날이었다. 초등학교 육 년 동안 나는 줄곧 달리기 선수로 뽑혔다. 항상 마지막 주자였던 나는 아무리 차이가 많이 나는 거리도 단숨에 따라잡을 수 있었다. 가을바람의 장단에 맞추어 만국기가 펄럭이는 운동장을 흙먼지를 일으키며 달릴 때의 기분은 이루 말할 수 없이 좋았다. 그대로 길이 이어진다면 끝 간 데 없이 달릴 수 있을 것 같았다. 늦게까지 장사를 하고 들어온 어머니가 학교에 갈 시간이 지나도록 잠자리에서 일어나지 않았다. 전날 라면으로 저녁식사를 혼자 해결했던 나는 배가 몹시 고팠지만 곤히 잠든 어머니를 깨우지 못하고 그대로 등교를 했다.

　학교는 햇볕이 들지 않는 좋은 자리를 차지하기 위해 아침부터 운동장 여기저기 모인 학부모들로 복잡했다. 국민의례로 시작된 운동회는 국민체조, 1학년의 꼭두각시, 3학년의 탈춤, 5학년 여학생의 부채춤, 4학년의 오자미 박 터뜨리기를 끝으로 1부가 끝났다. 1부가 끝나자 학생들이 제각기 부모를 찾아 흩어졌다. 어머니를 만나 김밥을 맛있게 먹는 친구들을 뒤로한 채 나는 학교 뒷동산으로 향했다. 잔디에 누워 꼬르륵거리는 배를 문지르며 어서 점심시간이 끝나고 운동회 2부가 시작되길 빌고 있을 때 저만치서 누군가 나를 부르는 소리가 들렸다. 몸을 일으켜 소리 나는 쪽을 보니 어머니가 허리에 전대를 두른 채 내 곁으로 오고 있었다. 어머니를 보자 반갑기도 하고 밉기도 한 이상한 기분이 들었다. 내 곁에 가까이 온 어머니가 숨을 헉헉거리며 분홍 보자기를 풀었다. 보자기 안에는 삶은 계란 몇 개와 칠성사이다가 들어 있었다. 어머니가 계란 껍데기를 벗겨 내게 내밀었다. 나는 어머니의 얼굴을 한 번 쳐다본 후 계란을 입에 넣었다. 급하게 반을 베어 입에 넣었지만 아무런 맛도 느낄 수 없었다. 세 개째 계란을 입에 넣고 우걱거리며 먹는 내 등을 어머니가 체하겠다며 두들긴 후 사이다를 건네주었다. 사이다를 절반쯤 마신 내 눈에 한

개 남은 계란이 보였다. 어머니가 껍질을 벗기기 위해 계란을 들자 식사를 거르고 장사를 하다 내게 뛰어왔을 어머니 생각에 퉁명스럽게 말했다. 이제, 배불러요.

4학년에서 6학년까지 각반 대표로 뽑힌 선수들이 정렬을 하고 차례가 오길 기다리는 사이 나는 열심히 운동장을 두리번거렸다. 내가 달리는 모습을 어머니에게 보여 주고 싶었다. 그러나 어머니의 모습은 쉽게 찾을 수 없었다. 마음이 점점 조급해졌다. 청군인 우리 팀이 세 번째 주자까지 앞서다 네 번째 선수가 배턴을 떨어뜨리는 바람에 뒤처지고 있었다. 내 앞의 선수가 달려 나갈 때까지 내 눈은 어머니를 찾기 위해 운동장을 두리번거리고 있었다. 끝내 어머니의 모습은 보이지 않았다. 눈물이 나올 것 같아 정면을 뚫어져라 쳐다봤다. 우리 청팀은 운동장 반 바퀴 정도의 차이로 뒤처져 있었다. 드디어 마지막 주자인 내 차례가 되었다. 배턴을 넘겨받은 나는 날개를 단 듯 앞으로 달려 나갔다. 초반부터 무서운 속도로 달리는 나를 보자 학부모와 학생들 모두 운동장 트랙 주위로 몰려들며 '와아' 함성을 터뜨렸다. 어머니의 웃는 얼굴을 한 번도 본 적이 없는 나는 어디선가 나를 보며 어머니가 활짝 웃고 있을 것이라고 생각했다. 앞서 달리던 선수의 뒤를 바짝 따르는 순간 모두들 운동장이 흔들리도록 박수를 쳤다. 함성과 박수 소리는 내가 상대편 선수를 앞지르기 시작하자 온 동네가 떠나갈 듯 커졌다. 드디어 테이프를 끊고 결승점에 도착하자 우리 팀이 이겼음을 알리는 총소리가 들렸다. 탕, 총소리를 듣는 순간 웬일인지 가슴이 철렁 내려앉았다. 모두 나를 향해 박수와 함성을 드높이고 있는데 고개 숙인 내 눈에서는 눈물이 뚝뚝 떨어졌다. 그날 어머니는 시장으로 급히 가기 위해 무단횡단을 하다 교통사고로 목숨을 잃었다. 그 뒤 어머니 생각을 할 때면 미처 먹지 못한 채 짓뭉개져 어머니의 손 안에 있던 계란이 지금도 선명하게 떠오른다.

새벽 장사를 하는 장군네 문방은 구레나룻이다. 구레나룻이 귀 앞에서 얼굴 옆을 거의 덮고 있다. 만화에 나오는 장군 같은 모습이다. 봉을 가운데 두고 보살들이 양옆으로 길게 나누어 앉아 있다. 게임판인 봉은 군인 담요 서너 장을 길게 연결시켜 만든다.

진홍빛이 도발적이다. 한 몸이 된 마흔여덟 장의 화투는 딜러인 밀대의 왼손 안에 입 속의 혀처럼 감겨 있다. 오른

손 검지가 화투 위를 지그시 누르는 사이 엄지와 허리를
꺾은 중지가 화투의 절반을 살점 베듯 떼어 낸다. 착착착
착, 착착착착, 양손이 합쳐지며 섞이는 화투 음은 정확하
게 네 박자다. 허공으로 퍼져 나가는 화투 음이 느리게 유
영하는 담배 연기와 부딪쳐 바닥으로 떨어져 차곡차곡 쌓
이는 듯하다. 밀대와 마주보고 앉은 오늘의 전주(錢主)인
달봉이 감았던 눈을 뜬다. 경상도 지역에서 유행하던 아도
사키를 서울에 퍼뜨린 장본인이다. 손 크기로 말하자면 범
털 형님 버금가는 사람이다. 밀대가 군인 담요 서너 장을
연결시켜 만든 봉 위에 화투를 내린다. 범털 형님이 맨 위
에서 한 장을 뽑아 기리를 마친다. 밀대가 다시 화투를 모
아 그러쥔다. 기리를 마친 화투는 절대 뒤섞이거나 떨어뜨
려선 안 된다. 감춰진 세 장이 먼저 앞방에 놓여진다. 얼굴
마담 격인 마지막 화투를 밀대가 손에 쥐고 있다. 벌겋게
충혈된 보살들의 눈에 핏줄 꽃이 더해진다. 여기저기서 라
이터 켜는 소리가 들린다. 말없이 피워 대는 담배 연기가
넓은 홀 안에 가득하다. 안개에 휩싸인 혼돈의 세상 같다.
더 이상 분해되지 못하고 허공을 맴돌던 연기가 구석 벽을
의지해 기댄 채 보초를 서고 있다.

감춰진 세 장의 화투 위에 얼굴마담이 다부지게 내려앉는다. 장이다. 장, 동, 비는 제로다. 얼굴마담이 제로일 경우 숨겨진 새끼 마담은 사건 칠 큰 수일 경우가 많다. 뒷방에 놓기 전에 허공으로 낮게 날린 화투가 줄을 지어 가볍게 내려앉는다. 이 네 장은 필요 없는 허수다. 손가락 사이사이에 끼였다가 날려지는 네 장의 화투가 울긋불긋 분칠한 나비처럼 봉 위에 떨어진다. 다시 네 장을 털어 내는 밀대의 손이 날렵하다. 세 장의 화투가 뒷방에 놓인다. 겹쳐진 화투는 한 장처럼 보인다. 마지막 오픈 될 한 장이 밀대의 손 안에 있다. 보살들 입이 마르는 순간이다. 난초, 오. 보살들이 앞방으로 몰린다. 예상외로 달봉은 뒷방에 제법 많은 액수를 싣는다. 그래도 오돌오돌 실린 앞방에 비할 바는 아닌 액수다. 창고장인 범털 형님은 자연, 보살들이 적게 몰린 쪽을 아도 쳐야 한다. 이럴 때 쓰린 속은 아무도 모른다. 제로인 얼굴마담 밑에 깔린 웃고 있는 새끼 마담이 보이는 이런 때 말이다. 그래 됐다 들어 봐라, 하고 범털 형님이 말하자 감춰진 화투가 공개된다. 얼굴마담을 제외한 칠, 이, 팔의 앞방 새끼마담들이 얼굴을 보인다. 도합 십칠, 끝수 칠이다. 꽤 높은 수다. 항상 상황이 나쁠 때의 예감은 적중한다. 뒷방은 일 두 장, 사피 한 장, 공개된 난초 오, 도합 십일 끗수 일로 마무리된다. 수를 합해 높은 끗수 가 먹는다. 뒷방에 실린 달봉의 돈과 합해 앞방에 배당될 액수를 범털 형님이 앞쪽으로 밀자 순식간에 계산이 끝난 다. 게임 시작하고 일 분도 안 되어 모든 것이 이루어진다. 속전속결, 보살들이 제일로 꼽는 아도사키의 매력이다.

새벽 두 시에서 대 여섯 시까지 이어지는 새벽 장사는 거의 백오십 판 내지 많게는 이백 판이 계속된다. 게임은 중반을 넘어서고 있다. 다시 밀대의 손에 의해 현란한 쇼 가 펼쳐진다. 바닥에 깔린 화투가 푸득푸득 소리를 내며 뒤섞인다. 밀대의 엄지에 의해 한 장이 뒤집어진다. 이 열 끗, 임을 본다는 패다. 뒤집힌 한 장의 패를 제일 먼저 본 사람은 그 패에 의해 운세가 점쳐지곤 한다. 왠지 그 패를 내가 제일 먼저 보았을 것 같다. 범털 형님의 가방 한 개가 비워져 시커멓게 탔던 내 속이 그 패 한 장으로 조금 풀어 진다.

"이거 구라치는 거 아니야?"

게임이 중반을 넘어서자 범털 형님이 말한다. 기계조작 하고 있는 것 아니냐고 한마디 던져 보는 것이다. 돈 잃고 있는 속내를 드러내는 말이다. 가방 두 개째가 거의 바닥을 보이자 내 속이 까만 연기로 가득 차는 것 같다. 잃은 돈 건지고 그 몇 배를 채우려면 며칠 간 바쁠 것 같다. 되도록 빠른 시일 내에 창고를 물색해야 할 것 같다. 초췌한 모습의 보살들이 자리를 털고 일어나자 일순 긴장이 풀리며 피로가 몰려온다.

윙윙거리는 소리에 눈을 떴다. 텔레비전을 켜 놓은 채로 깜빡 잠이 들었나 보다. 어제의 원정으로 몸이 피곤하다. 자리를 털고 일어나 늦은 저녁식사를 하려던 내 눈에 텔레비전 화면이 들어온다.

'더미의 생.'

표제가 화면 가득 떴다. 쇼윈도의 마네킹, 사격장의 표적판, 영화에서 쓰이는 트릭용의 사람 모형인형 더미. 화면은 먼저 더미에 대한 설명을 하고 있다. 오늘의 주인공은 신차 충격 시험에 쓰이는 더미이다.

텔레비전 화면에 눈을 고정시킨 나는 벽에 등을 붙이고 앉는다. 반질반질한 외관의 차가 나타난다. 그 속에 사람 모양을 한 더미가 앉아 있다. 합성고무로 만든 피부가 마치 사람 같다. 신차가 출고되면 백오십 차례의 충격 실험

을 합니다. 그때 사람 대신 인형, 즉 더미가 사용됩니다. 내
레이터의 해설이 화면에 맞춰 흘러나온다. 운전자의 안전
을 지키는 첨병. 충격에 약한 얼굴과 무릎에 파란색 칠이
되어 있다. 저속 충돌 시험이 시작되자 신차가 천천히 움
직인다. 카메라는 점점 더미에게 다가가고 전면에 서 있는
높은 벽을 향해 차는 멈추지 않고 달린다. 브레이크가 고
장 난 차 같다. 카메라가 점점 더미를 클로즈업시킨다. 더
미가 벽에 부딪치는 순간 담배에 불을 붙인다. 앞뒤로 몇
번 반동을 거듭한 뒤 멈춘 더미는 약간의 부상을 입었을
뿐이다. 화면이 빠르게 바뀌며 고속 주행 시험을 시작한
다. 담배 연기를 깊게 들이마시자 머리가 맑아지는 느낌이
다. 내뱉은 담배 연기가 텔레비전 수상기 위로 퍼지며 더
미를 실은 신차를 따라간다. 빠른 차의 속력으로 화면에
비친 더미의 얼굴이 흐릿하게 보인다. 가속도가 붙어 달리
던 차가 벽에 부딪힌 건 잠깐 사이다. 화면은 쿠킹호일 말
린 듯 찌그러진 차 앞면을 지나 안전띠도 하지 않은 채 만
신창이가 된 더미에게서 멈춘다.

　재생 불가능으로 판정된 더미, 이것으로 더미의 생이 마
감됐습니다. 만신창이가 된 더미를 비추는 화면 위로 내레

이터의 마지막 해설이 깔린다. 나는 언젠가 새벽시장에서 그녀가 내게 했던 말이 비로소 무엇인지를 알아차린다. 범털 형님을 대피시키고 온몸에 부상을 입은 나를 보며 그녀가 했던 말은 '더미 같군' 이었다.

드디어 내일은 게임이 있는 날이다. 내일 게임은 다른 날과 다르다. 범털 형님이 잃은 돈을 찾기 위해 이른바 구라를 친다. 기계작업으로 게임을 하는 것이다. 굳이 이름을 붙이자면 사기도박이다. 아도사키 도박만으로도 법망에 걸리면 쉽게 풀려나기 힘들지만 사기도박은 더욱 큰 죄가 된다. 만전을 기하기 위해 다시 한 번 둘러봐야 한다. 나는 점퍼를 걸치고 창고로 향한다. 만일의 사태에 대비해 도박판의 창고는 도피가 쉬운 단독주택을 택한다. 아파트나 빌라는 곰들이 덮치기 쉽기 때문이다. 간혹 돈 잃고 속좋은 놈 없다고, 앙심을 품어 신고하는 놈들이 있다. 아파트나 빌라는 동, 호수만 대면 바로 곰들 독 안에 든 쥐다. 이번 창고는 내가 봐도 잘 골랐다. 누가 이곳을 도박장이라고 보겠는가. 이번 일만 잘되면 그녀에게 내 마음을 털어놓을 작정이다. 문득 올려다본 밤하늘에 달을 에워싸고 별들이 무리 지어 있다. 만약 그녀가 지금 내 곁에 있다면 별자리 이름을 가르쳐 주며 별점을 쳐 줄지도 모른다. 둥근 달이 나를 계속 따라온다.

창고 앞에 범털 형님 차가 서 있다. 달빛을 받은 검정 세단이 반질거린다. 형님도 아마 내일이 걱정되어서 둘러보러 나온 모양이다. 뒷거울이 뿌옇다. 점퍼 속에 입은 하얀 티셔츠로 뒷거울을 닦는다. 금세 거울이 맑아진다. 맑아진 거울 등을 손가락으로 퉁기자 '땡' 소리가 난다. 마치 거울이 '땡큐' 라고 말하는 듯하다.

현관에 반짝이를 단 여자 슬리퍼와 구두가 나란히 놓여 있다. 범털 형님이 여자를 데리고 온 모양이다. 현관으로 올라서자 가쁘게 내쉬는 숨소리와 뒤섞인 여자의 신음소리가 들린다. 여자의 신음소리를 듣자 아랫도리가 딱딱하게 일어난다. 안방 쪽이다. 숨소리를 죽이며 조심스럽게 발걸음을 떼어 놓자 거실 바닥에 누운 내 그림자가 좌우로 흔들린다. 안방 문이 검지 굵기만큼 열려져 있다. 손가락으로 열려진 문을 살짝 밀며 넓어진 틈 사이로 안을 들여다본다. 검은 막이 쳐진 듯하다. 신음소리만 들릴 뿐 아무것도 보이지 않던 내 눈에 서서히 방 안의 형체가 드러난다. 달빛이 스며들고 있는 창문이 보인다. 창문에 비치는 나뭇잎의 그림자가 달이 그려 놓은 수묵화 같다. 수묵화 밑으로 희부연 살결을 드러낸 남녀가 보인다. 여자는 벽에 기대어 서 있고 범털 형님이 벽 쪽으로 마주서서 연신 몸을 들썩이고 있다. 여자가 형님 겨드랑이 사이로 양손을 뻗치며 신음소리를 더한다. 형님의 어깨 위로 여자의 감긴 눈이 보인다. 형님이 안아 올리려는 순간, 여자가 눈을 뜬다. 나와 눈이 마주친다. 백조다. 심장이 살갗을 뚫고 밖으로 튀어나올 것처럼 방망이질 친다. 나와 눈이 마주친 그녀의 두 눈이 더욱 커지며 겨드랑이 사이로 맞잡은 손을 힘없이 내린다. 몸을 돌리자 구둣발에 눌린 나무 복도에서 삐걱거리는 소리가 난다.

대문 밖으로 나온 나는 담배를 찾기 위해 몸을 더듬거린다. 손이 떨려 라이터가 잘 켜지지 않는다. 파팍거리며 짧은 섬광만 튈 뿐 불길이 일지 않는다. 멀리 라이터를 던져 버린다. 씨팔, 담배를 물고 있던 내 입에서 욕설이 튀어나오자 담배가 땅바닥에 떨어진다. 담배를 구둣발로 짓이겨 동강낸다. 나의 백조를… 그럴 순 없다. 갖가지 생각이 영사기 필름 돌 듯 스쳐 간다. 머리를 감싸 쥐고 올려다본 나무에 달이 걸려 있다. 잎사귀에 가려 한쪽이 움푹 패였다.

나뭇잎에 살점을 베어 물린 달이 고통스런 신음을 뱉어 내는 듯 일그러져 보인다. 나는 터지는 한숨을 주먹으로 막으며 오랫동안 어둠 속에서 몸을 움직이지 못한다.

아침부터 분주하다. 한 치의 실수도 있어서는 안 되기에 사전 모의게임을 해 보아야 하기 때문이다. 몸에 신호를 받기 위한 장치를 두른 범털 형님 옆에 바짓단 바로 밑으로 렌즈를 숨긴 보살 하나가 앉는다. 물론 우리 식구 중 하나다. 사면에 약물 처리를 한 모화투를 비추기 위해서는 화투를 나누는 밀대 바로 앞에 앉아야 한다. 렌즈에서 보내온 화면을 받아 몸의 수신 장치로 보내는 기계를 정비하고 있는 바로 옆방도 사전 점검에 바쁘다. 이 방은 막상 본게임이 진행되면 빈방으로 가장하기 위해 밖에서 자물쇠를 채운다. 렌즈로 모화투의 옆면을 찍으면 숫자를 재빨리 읽어 범털 형님의 몸에 숨긴 기계에 신호를 보낸다. 앞방은 진동 한 번, 뒷방은 두 번. 몇 번의 게임을 진행시키던 범털 형님이 됐다, 한마디 던지자 모두들 휴, 한숨소리를 낸다. 이로써 모든 준비는 끝났다. 오랜만에 얼굴을 내민 보살들까지 오늘의 게임 인원이 다른 날보다 상당하다. 게임이 몇 판 진행되지도 않았는데 담배 연기가 자욱하다.

대문 밖으로 나온 나는 주위를 두리번거린다. 멀리 낯선 차 한 대가 눈에 띈다. 그 차는 보살들이 창고로 들어오기 전부터 이쪽의 동태를 살피고 있었다. 게임이 어느 정도 무르익어 갈 무렵이면 그들의 차는 더 늘어날 것이다. 여기저기를 둘러보던 나는 주방 쪽을 바라본다. 그녀는 여전히 주방에서 뭔가를 들여다보고 있다. 담배 한 개비를 다 피울 때까지 숙인 그녀의 고개가 들리질 않는다. 커피 한 잔만 달라는 내 말에 그녀가 고개를 든다. 잠깐 나와 눈이 마주친 그녀는 아무 일도 없었다는 듯 무심히 눈길을 거둔다. 커피를 다 마실 때까지 그녀와 나 사이에 어색한 침묵이 흐른다. 종이컵을 쓰레기통에 던진 나는 그녀에게 말한다.

"조금 있으면 곰들이 뜰 거야."

불쑥 내뱉은 내 말에 그녀가 고개 들어 나를 빤히 쳐다본다.

"…"

의외로 담담한 얼굴의 그녀 눈길이 내가 입은 양복에 머물러 있다. 입가에 희미한 조소가 번지는 듯도 하다.

나는 고개를 숙여 아침에 범털 형님에게서 받아 입은 양복을 한 번 쳐다본 후 바지 주머니에 두 손을 찔러 넣는다.
그녀가 팔짱을 낀 채 서성거리며 중얼거린다.

"도대체, 왜…."

그녀는 읽던 책의 모서리를 손으로 구기며 성의 없이 한
마디 던진다.

"너 때문이야."

내 말에 그녀가 딱하다는 표정으로 나를 한 번 쳐다보더
니 이내 고개를 돌리고 힘없이 말한다.

"나 때문?"

책으로 눈길을 돌리던 그녀의 입술이 일그러지며 짧게
피식 웃는다.

"넌 나만의 백조여야 해."

"백조?"

내 말에 그녀가 소리 내어 한참을 웃더니 말한다.

"내가 니 마누라라도 된다는 거야? 그래 봤자 아무 소용
없어, 그 사람은 감옥에 안 가. 안 간다구."

그녀가 범털 형님을 그 사람이라고 말하는 순간, 내가
그렇게 힘들게 돈을 벌어야 할 이유도, 하루하루를 마음
졸이며 살아야 할 이유도 사라진다. 매섭게 쏘아보는 눈

을 피하자 그녀가 세차게 내 몸을 치며 지나간다. 그녀에
게 부딪힌 내 몸이 옆으로 밀리며 다리에 힘이 빠진 듯 휘
청한다. 주방문을 벗어나 급히 뛰는 그녀의 집시치마가
보인다.

뭔가 공기가 심상치 않다. 낡은 복도를 바삐 오가는 사
람들의 발소리가 들린다. 마음이 조급해진다. 거실로 뛰어
가자 기계조작을 위해 잠갔던 방문 자물쇠가 바닥에 떨어
져 뒹굴고 있다. 담배 연기가 아직 빠지지 않은 방 안, 여기
저기 던져진 화투들과 거실에 등을 보이며 누워 있는 슬리
퍼가 급박한 상황을 말해 주는 듯하다. 비상구 쪽으로 급
히 뛴다. 여러 개의 비상구가 모두 열린 상태다. 앞쪽에서
두런거리는 소리가 난다. 곰들인 듯 보이는 두 명의 사내
가 범털 형님의 오른팔 노릇을 하던 백구두를 양쪽에서 맞
잡고 내게 걸어온다. 나는 정신을 가다듬고 도망가려 하지
만 못 박힌 듯 발이 움직이지 않는다. 곰들과 함께 내게 가
까이 다가온 백구두가 허리를 깊숙이 굽히고 말한다.

"형님, 죄송합니다. 지켜 드리지 못해 정말 죄송합니다.
죽고만 싶습니다, 형님."

'형님이라니, 이 작자가 무슨 말을 하는 건가? 갑자기

머릿속이 먹물로 채워지는 듯하다. 아침에 느닷없이 나를 찾아와 오늘 입으라고 양복을 건넨 범털 형님, 신고했다는 내 말에 너무나 담담하던 백조, 머리가 깨질 것 같다. 내가 급히 몸을 돌려 다른 비상구 쪽으로 뜀과 동시에 대문 열리는 소리가 들린다. 뒤늦게 합세한 곰들이 들이닥치는 모양이다.

골목을 빠져나오자 여러 개의 화살이 박히듯 내 눈으로 자동차 헤드라이트 빛이 쏟아져 들어온다. 앞을 분간할 수 없다. 손을 들어 빛을 가리자 자동차가 그대로 내게 달려든다. 나는 본능적으로 벽에 몸을 붙인다. 턱하고 숨이 막히며 땀방울이 등줄기를 타고 흘러내린다. 뒤돌아서서 반대편으로 달린다. 사거리다. 자동차가 다닐 수 없는 좁은 길로 접어들자 급브레이크 밟는 소리와 차 문 열리는 소리가 동시에 들린다. 차에서 내려 내 뒤를 바짝 따라오는 그들의 발자국 소리가 내 발자국 소리를 덮는다. 길게 이어진 골목 끝으로 막다른 길이 보인다. 검은 혀를 내밀고 있는 어둠의 입 속으로 빨려 들어가고 있는 느낌이다. 차츰 공기가 빠져나가는 풍선처럼 내 몸이 땅으로 자꾸 꺼지려 한다. 누군가의 검은 손이 내 뒷덜미를 잡아채는 듯 더 이상 앞으로 나갈 수가 없다. 무릎이 꺾이며 땅바닥에 주저 앉고 만다. 시멘트 바닥 위에 몸을 웅크린 그림자가 나를 보며 떨고 있다.

"아니야, 아니야, 아니라구."

변명하듯 그림자에게 중얼거린다.

"난 더미가 아니야. 아니라구."

나와 마주 앉은 그림자는 머리를 세차게 흔들 뿐 말이 없다. 모두 다 잠든 새벽, 말이 되지 못한 웅얼거림은 헉헉 거리는 숨소리와 아스팔트 위에 떨어지는 구두 발자국 소 리에 묻혀 밤공기를 타고 흩어진다. 어디선가 희미하게 그 녀의 젖 냄새가 나는 것도 같다.

금요일의 섬머타임

눈을 떴다. 파란색을 약간 섞어 바른 핸디코트 벽 위에 걸린 시계로 눈이 간다. 시계의 시침과 분침은 부끄러움 없이 투명 유리 안에서 몸을 섞고 있다. 커튼 밑 부분을 잡고 젖혀 본다. 벌어진 틈만큼 직사각형의 네모난 햇빛이 열두 평 오피스텔 안으로 흘러들어 온다. 깊은 숨을 쉰다. 초등학생처럼 색색의 옷을 입은 행거에 걸린 옷걸이들이 보인다. 어젯밤 벗어 놓은 흰색 원피스가 허리를 꺾은 모습 그대로 그 위에 가로질러 누워 있다. 원피스를 내려 기다란 타원형의 전신거울로 다가가 몸에 대어 본다. 거울 속의 여자가 웃고 있다. 브이자로 파인 목과 민소매,

샤넬라인의 원피스는 빛을 받아 한층 하얗다. 어제는 금요일이었다. 나는 금요일마다 나이트클럽에 간다. 하얀 원피스를 입고서.

창가에 놓인 허브는 오늘도 싱싱하다. 허브, 읊조려 본다. 윗입술과 아랫입술이 닿을 듯 말 듯 바람이 인다. 외로움의 냄새를 잡아먹는 향이라고 주문을 걸며 사다 놓은 허브가 바람에 무게를 실으며 하느작거린다. 몸을 일으켜 싱싱한 허브 잎사귀를 똑, 똑 소리 나게 딴다. 파인애플민트향의 허브가 물속에서 둥글게 원을 그리며 녹색 향을 뱉기 시작한다. 투명한 유리잔에 담긴 초록빛 허브 차를 한 모금 마신다. 따뜻한 기운이 온몸으로 퍼진다. 남은 허브 잎사귀를 욕조에 떨어뜨리고 더운물을 받는다. 수증기가 올라오는 욕조에 소금가루를 솔솔 뿌려 넣는다.

거실 바닥에 신문을 길게 펼친다. 하루를 시작하면서 하는 일 중의 하나가 신문보기다. 손님과의 자연스러운 대화를 위해서 스포츠란까지 꼼꼼히 읽는다. 신문 귀퉁이 박스란에 구스타프 말러의 이야기가 실려 있다.

어릴 때의 반복되는 정신적 외상은 뇌의 발달에 영향을

주어 성격에 영향을 미치는 것은 물론이고 어떤 ‘증상’을 만들기도 한다. 이런 외상을 극복하기 위한 무의식적인 수단 중의 하나가 ‘반복 강박’이다. 두려움의 대상과 관련되는 행위를 반복적으로 체험함으로써 이를 극복하려는 집착 행동이 반복 강박이다. 구스타프 말러는 작곡가다. 십사 형제의 둘째로 태어나 아홉 명의 형제가 반복적으로 죽는 충격적인 어린 시절의 경험을 가지고 있다. 어린 시절에 간직된 마음의 상처는 끊임없이 무언가를 반복하며 극복하려는 집착 행동으로 나타나는데 어떤 행위, 그것은 작곡이었다.

나는 구스타프 말러의 기사가 실린 신문을 들고 가위를 찾는다. 가위는 어디에 있는지 보이질 않는다. 커터칼로 신문의 박스 기사를 오린 뒤 수첩 속에 끼워 넣는다.

신문을 펼쳐 놓은 채 욕실로 들어간다. 욕조에 몸을 누인다. 감은 눈꺼풀 위로 찬 물방울이 떨어져 순간 움찔한다. 바닷속 깊은 곳에 둥실 떠 있는 느낌이다. 따뜻한 물속에서 하릴없이 흘러다닌다. 저 어디쯤, 사랑하는 이를 죽이지 못하고 물방울이 된 인어가 살고, 아버지를 위해 바다에 몸을 던진 효녀 심청이가 살고 있는 용궁이 있지 않을까. 발목에 물컹, 무언가가 닿는다. 온몸에 은빛 가루를 덮어쓴 갈치다. 내 키보다 더 큰 갈치가 몸을 일자로 세우고 물결을 가르며 내게 다가온다. 소리를 지르고 싶지만 입술을 달싹일 수 없다. 갈치에 몸이 감긴 나는 깊숙이 가라앉는다. 숨을 쉴 수가 없어 손사래를 치다 머리가 어딘가에 쿵, 부딪힌다. 물의 온기에 깜빡 잠이 들었던가. 머리를 흔들자 물방울이 사방으로 튄다. 물살을 떨치며 욕조에서 일어선다. 은색가루 대신 배와 허벅지에 허브 잎사귀가 붙어 있다. 샤워기에서 쏟아지는 차가운 물로 몸을 헹구고 물기를 닦는다. 샤워코롱을 온몸에 뿌린다. 창문을 활짝 연다. 태양은 여전히 작열하고 있다.

담요를 뒤집어쓴다. 하나, 두울, 세엣… 육십을 세고 담요를 벗는다. 하나, 두울, 세엣… 육십을 세고 다시 담요를 뒤집어쓴다. 처음에는 여기저기 퍼렇게 멍이 들던 풍욕이 이제는 익숙해졌는지 몸이 바람을 잘 받아들인다. 혈관을 타고 흐르는 오래 묵은 비린내를 큰 숨을 쉬며 내보낸다. 암환자나 깊은 병을 앓는 이들이 몸속 독소를 제거하기 위해 하는 민간요법인 풍욕. 엄마는 지금도 풍욕을 하고 있을까? 아버지가 잠든 밤 마루에 서서 담요를 뒤집어쓰고 풍욕할 때의 엄마는 평화로워 보였다. 엄마가 어떻게 아버지와 결혼했는지 모르겠다. 아버지에게는 어울리지 않는 여자다. 그리고 생선을 팔고 있기에는 너무 예뻤다. 철이 들면서 엄마에게 나는 늘 말했다.

"엄마처럼 살지 않을 거야."

손톱 청소 도구와 매니큐어가 든 바구니를 들고 와 신문 위에 놓는다. 손톱의 반달 모양 위로 약간씩 비집고 나온 살점을 깨끗하게 민다. 손톱 주위의 지저분한 살점은 손톱깎이로 잘라 내고 줄칼로 긴 손톱을 맵시 있게 다듬는다. 오른쪽 세 번째 손톱에 빨간색 매니큐어를 정성껏 칠한다. 손톱 양옆을 약간 남기고. 그래야 손가락이 더 길어 보인다. 첫 번째 손톱과 두 번째 손톱, 네 번째, 다섯 번째, 한 번 더 칠하기 위해 마를 동안 손가락 사이를 펼쳐 태양을 가린다.

빨간 매니큐어를 처음 발라 본 날, 아버지는 사납게 내 손을 잡아끌었다. 의자 위에 앉아 있던 몸이 갑자기 밑으로 쏠리면서 오른손에 쥐고 있던 볼펜이 방바닥에 내동댕이쳐지고 두 무릎이 쿵 떨어졌다. 지독한 통증이 느껴졌다. 아버지는 내 손목을 잡은 채 손톱깎이를 찾기 위해 서랍을 급하게 열었다. 서랍이 땅에 떨어져 쏟아졌다. 노란 고무줄, 동전, 성냥개비, 흰색 가루약, 서랍이 토해 놓은 그 속에 첫 번째 손톱과 두 번째 손톱이 잘려 나가며 섞였다. 달력이 툭 떨어지며 가려졌던 기다란 거울이 전신을 드러냈다. 거울 위에 써진 글자가 보였다. '축 발전' 피식 웃음이 나왔다. 이 와중에 발전이라니. 아버지가 내 뺨을 쳤다. 얼굴에 흐트러진 머리카락을 추스르려는 내 손을 아버지가 낚아챘다. 세 번째 손톱이 잘리면서 살점이 집혔다. 에이, 씨. 아버지의 손을 뿌리쳤다. 손톱 사이로 피가 스몄다. 미이친 년, 어떤 노믈 후후비일라고 써어글 년아. 나는 아버지 손에 쥐여져 있는 손톱깎이를 사납게 뺏었다. 손톱을 아무렇게나 뚝, 뚝 잘랐다. 잘려 나간 손톱들이 고양이가 헤집어 놓은 쓰레기장 같은 방 안 사방으로 튀었다.

아버지는 말더듬이이다. 아버지의 말더듬은 어렸을 때 측간에서 비롯됐다고 한다. 화장실을 아버지의 고향에서는 그렇게 부른다. 국 사발 같은 둥그런 달이 홀로 떠 있는 밤. 마당을 가로질러 측간을 가는 길에는 감나무가 머리를 푼 채 팔을 벌리고 서 있고 뒤채 대나무 숲에서는 우우 하는 귀신의 곡성이 들리는 듯했다. 짚과 진흙을 버무려 바른 벽면, 짚단을 엮어 덮은 지붕의 측간은 한 사람이 쭈그리고 앉으면 딱 맞는 크기다. 두 다리를 올려놓을 판자가 양쪽에 적당한 사이를 두고 놓여 있고 그 사이로 거무스름한 거름이 있다. 볼일을 다 본 후엔 기다란 주걱 같은 막대기로 거름을 덮는다. 측간 옆에는 외양간이 붙어 있었다. 목에 맨 끈에 여유가 있었는지 그날은 커다란 황소가 아버지 쪽으로 왔다. 그러고는 허옇게 뜬 보름달 같은 아버지의 엉덩이를 긴 혀로 핥았다. 아버지는 반쯤 식은 호떡이 엉덩이에 붙은 느낌을 받고 뒤돌아보았다. 거멍거멍한 눈을 가진 커다란 황소와 눈이 마주친 아버지는 놀라 뛰쳐나오고 말을 더듬게 됐다. 그 뒤부터 아버지는 속된 말로 되는 일이 없는 사람이었다. 학교생활도 제대로 적응을 못 해 농업고등학교를 2학년까지 다니다 그만두고 군대를 다녀온 후에는 변변한 직장을 구하지도 못했다. 또 어렵게 직장을 구해도 3개월을 버티지 못했다. 그러다 말없고 자태 고운 엄마를 만나 한동안 행복했다. 엄마가 생선 행상을 시작하기 전까지 외출할 때면 아버지는 나를 늘 업고 다녔다. 우리 세 식구가 행복했던 한 때였다. 생활비를 벌기 위해 엄마가 밖으로 나가게 되자 아버지는 성격이 급해졌고 말을 더듬을 때는 얼굴이 먼저 벌게지곤 했다.

나…아아…암산 오오느을 가아 썼지? 아버지의 입에서 알아들을 수 없는 말들이 망치처럼 튀어나왔다. 엄마는 말이 없었다. 군복 색깔의 돈주머니를 집어 든 아버지가 엄마를 향해 던졌다. 엄마의 이마에서 피가 흘렀다. 생선 행상을 해서 번 돈이 들어 있는 주머니는 동전 때문에 항상 무거웠다. 그날 엄마에게 돈주머니를 던진 구실은 남산에 가서 남자들한테 삶은 계란을 팔지 않았느냐고, 본 사람이 있으니 사실대로 말하라는 것이었다. 아버지는 매일 새벽, 수산시장에 나가는 엄마의 생선대야를 버스정류장까지 들어다 주었다. 그런 뒤 태양이 쨍쨍한 낮 동안 굴 속 같은 방에 앉아 막걸리를 마셨다. 아버지가 막걸리를 마시고 잠이 들 동안 나는 엄마가 아침에 내 손에 쥐여 준 백 원짜리 동전으로 넓은 마당 공터에서 뽑기를 했다.

연탄불을 피운 화덕 위에 설탕 넣은 국자를 올려놓고 나무젓가락으로 젓다가 소다를 넣으면 노르스름한 설탕

액이 만들어졌다. 설탕 액을 편편한 철판 위에 쏟아 붓고 뽑기 아줌마가 모자 모양의 틀을 찍어 낼 동안 나는 나무 젓가락에 묻어 굳어진 설탕 액을 떼어먹다 햇빛에 눈을 찡그리며 언제까지나 태양빛이 스러지지 않기를 바랐다. 별 모양이나 다른 모양은 물론이고 아이들이 쉽게 뽑는 모자 모양 뽑기도 나는 잘 되지 않았다. 모자 모양을 뽑아 가져가면 하나를 더 만들어 주었는데 한 번도 다시 할 수 있는 기회가 내겐 오지 않았다. 어두워 오는 골목 담벼락 에 기대어 서서 엄마가 오늘은 안 들어오면 어쩌나 하는 생각을 했다. 하지만 엄마는 언제나 팔다 남은 꽁치나 갈 치가 든 대야를 옆에 끼고 동전이 가득한 주머니를 허리 에 차고 돌아왔다. 그날도 아버지는 엄마를 향해 돈주머 니를 내던졌다. 나는 흩어진 동전을 주워 엄마의 돈주머 니에 넣었다. 그러고는 대야에 남은 갈치의 머리를 향해 돈주머니를 세게 내리쳤다. 아버지처럼. 짓이겨진 갈치를 들어 올리고 "칼치 사세요" 하고 목청껏 외쳤다.

내 직업은 바텐더이다. 월요일부터 목요일까지 오후 네 시에 출근해서 새벽 두 시까지 근무한다. 이 일은 집을 나 온 후 일주일쯤 지나서부터 하게 되었다. 다니던 애니메

이션 회사를 그만두고 바텐더 일을 하게 된 건 순전히 수입 때문이었다. 코스터 밑에 두고 가는 팁과 새벽까지 서서 일하는 피곤함에 대한 대가는 나만의 공간을 갖기에 충분한 액수였다. 칵테일에 대한 상식이 없던 내게 학원 등록을 해 주고 자리를 마련해 준 건 친구 혜경의 배려였다. 혜경의 오빠가 운영하는 칵테일바 '진솔'에 자리를 잡음으로써 아버지 곁을 떠나 독립할 수 있었다.

'진솔'의 벽 한쪽 면에 둥그런 카운터가 있다. 그곳이 내가 일하는 장소이다. 카운터 맞은편에 있는 선반에 화려한 색깔의 술병들이 진열되어 있다. 이것들은 단순한 장식용에 불과하다. 진이나 보드카, 럼 등의 스피리츠와 리쾨르류는 차게 해야만 맛있는 칵테일을 만들 수 있기 때문에 냉장케이스에 보관된 것을 사용한다. 손님이 오기 전에 칵테일을 신속히 만들 수 있는 준비를 하기 위해선 손을 바쁘게 움직여야 한다. 먼저 글라스터를 이용해 갖가지 모양의 칵테일글라스를 닦는다. 사용 빈도가 높은 역삼각형 모양에 손잡이가 있는 칵테일글라스를 손이 가기 쉬운 위치에 놓고 와인, 브랜디, 콜린즈, 샴페인, 텀블러 글라스 등을 진열한다. 그 밖에 칵테일에 사용되는 부재료인 주스류와 시럽, 토닉, 소다, 올리브 등도 꼼꼼히 체크해 없는 품목은 미리 주문한다. 셰이커와 바 스푼, 깡통따개, 아이스픽, 코르크 스크류를 비롯해 여러 가지 기구가 제자리에 있는지도 잊지 않고 점검해야 한다. 마지막으로 카운터 위를 깨끗하게 정리한다. 카운터 위에는 글라스와 코스터 외엔 그 무엇도 올려져 있으면 안 된다. 엄밀한 의미에서는 배경음악으로 깔리는 BGM도 불필요하다. 하지만 '진솔'에서는 소니 크리스의 자극적인 알토 색소폰이 자주 울린다.

그래 여름이야/모든 게 잘 돼 가고 있단다/물고기는 튀어 오르고/목화는 키가 쑥쑥 자라는 구나/오, 네 아빠는 부자란다/물론 네 엄마는 미인이지/그러니 쉿, 아가야, 울음을 그치거라.

거쉬인의 썸머타임이 거침없는 색소폰 소리로 실내에 울려 퍼진다. 나는 셰이커를 잡는다. 중지와 약지의 왼손을 보디 밑에 대고 손바닥에 눕히듯이. 엄지로 톱을 누르고 나머지 세 손가락으로 보디를 살포시 안듯 오른손은 끼워 잡는다. 포물선을 그리듯이, 횟수는 이십 회, 리드미컬하게 손목을 놀려 흔든다. 손바닥이 셰이커에 밀착되지 않게 조심하면서, 최대한 세련되게. 이쯤 되면 카운터의 손님 눈길은 레몬으로 장식해서 칵테일을 앞에 놓을 때까지 내게서 떠나지 않는다.

영업을 마치고 '진솔'을 나오던 어느 날, 내 옆을 스쳐 가만히 클랙슨을 누르며 소형차의 창문이 내려졌다. 가끔 와서 마티니를 마시고 가던 눈이 깊은 남자였다. 회사 동료들이 나누는 대화로 그를 알고 있었다. 성실한 사람이고 일을 능숙하게 처리하는 사람이라고. 늦었는데 타요, 남자가 말했다. 가벼운 목례로 인사를 대신하며 차를 앞서 가려다 발목을 삐끗했다. 차에서 내린 남자가 내게 다가와 말했다. "우연 아닙니다. 여기서 줄곧 기다리고 있었습니다." 불 켜진 창이 점점이 박힌 건물이 우리를 굽어보고 있었다.

남녀가 만나 영화보고, 식사하고, 가끔 섹스도 하는 사이를 연인이라고 한다면 그와 나는 연인이었다. 아니 연인이 되었다. 6개월이란 짧은 기간 동안.

"나 좀 업어 줘."

피식, 그가 웃었다. 그의 등에 업혀 겨드랑이 사이로 손을 집어넣었다. 그의 언덕진 가슴이 만져졌다. 어린 시절 아버지의 등처럼 따스하다고 느끼는 순간 길 쪽으로 난 창문의 불이 꺼졌다. 불 켜진 창문이 많지 않은 시각. 내 몸이 자꾸 흘러내렸다. 그가 멈추며 내 몸을 위로 한 번 팔짝 띄웠다. 내 발에서 구두가 떨어졌다. 그는 떨어진 구두를 주워서 탁탁 먼지를 털었다. 그가 주운 신발이 내 엉덩이에 매달려 우리를 따라왔다. 그는 그림자의 길 안내를 받듯이 땅을 쳐다보며 걸었다. 크지 않은 그의 방 창문. 방 안에 창문 크기만큼의 달빛이 뿌려져 있었다. 전등 스위치로 가는 그의 손을 잡아 내 가슴에 얹었다. 그의 손에 잡힌 가슴이 팔딱거렸다. 블라우스가 뱀 허물 벗겨지듯 내 몸에서 떨어져 나갔다. 긴 머리를 만지던 그의 손이 내 한쪽 뺨을 받치고 어깨를 잡은 손에 힘을 가했다. 눈 감아, 물기 없는 그의 음색에 두 눈을 감았다. 말랑한 입술을 깨물며 비집고 들어오는 혀에 커피 향이 묻어 있었다. 커피 향을 깊이 들이마셨다. 어둠 속 부드러운 머리가 물결치며 길들여지지 않은 흑마의 갈기처럼 그의 허리가 움직였다. 창문 앞까지 진군해 온 여명이 희붐한 달빛을 소리 없이 불러내고 있었다. 돌아누운 내 등 뒤로 그가 다가와 안았다. 머리를 젖히고 목덜미에 입을 맞추던 그가 말했다. 어떻게 해야 널 전부 가질 수 있을까? 그는 나를 만나는 동안 항상 무언가에 목말라 했었다. 그가 결혼 얘기만 안 했다면 지금까지 우리는 연인으로 남아 있을까.

퇴근 후 돌아온 어느 날, 아버지가 다락에 대못을 박고 있었다. 네 짝의 문이 움직이지 못하도록. 다락 안에는 엄마가 있었다. 안에서 아무 소리도 들리지 않았다. 못을 박는 아버지가 내뿜는 숨결에 밀려나온 막걸리 냄새가 방 안을 가득 메우고 있었다. 꽝, 꽝 못질을 마친 아버지가 막걸리를 한 병 더 마시고 잠이 들었다. 잠든 아버지 머리맡에 장도리가 보였다. 나는 그것을 집어 들었다. 입술을 부풀려 '푸우' 하고 숨을 내쉬는 아버지 얼굴을 한참 들여다보았다. 팔베개를 하고 잠들었던 아버지의 머리가 밑으로 쿵, 떨어졌다. 나는 먹다 남은 막걸리 통을 발로 툭 차 버렸다. 장도리의 못 박는 부분 반대쪽으로 다락의 대못을 빼냈다. 한쪽 문을 살짝 열어 놓았다. 문틈으로 엄마의 가느다란 숨소리가 새어 나왔다. 다락문 네 짝에는 누런 종이봉투를 잘라 아버지가 한문으로 쓴 '유, 비, 무,

환' 글자가 붙어 있었다.

행선지를 알 수 없는 버스에 올라타고 불빛이 휘황한 곳에서 내렸다. 현란한 입간판 불빛들이 퍼져서 사방을 분간할 수 없었다. 흐려지는 시야를 손으로 자꾸 비볐다. 규격이 일정하지 않은 간판들은 요란한 이름을 달고 지나는 행인의 발길을 유혹했다. 유토피아라는 이름의 지하계단을 내려갔다. 아직 이른 시간이어서인지 실내는 한산했다. 군데군데 서 있는 네모난 기둥 사면에 거울이 붙어 있었다. 입구에서부터 따라붙던 웨이터가 홀 중앙의 사인용 테이블로 나를 안내했다. 의자에 털썩 몸을 내려놓았다. '바커스' 라는 명찰을 단 웨이터가 열심히 입을 놀려 말을 하는데 시끄러운 음악 때문에 알아들을 수 없었다. 아무런 반응이 없자 내 귀에 대고 큰소리로 말했다. 술은 뭘로 하실래요? 맞은편 테이블의 무리에서 와자하니 소리가 났다. 그들의 테이블 위에 샴페인 잔이 탑을 이루고 있었다. 웨이터가 탑 꼭대기에서부터 부은 술이 아래 술잔으로 떨어지고 또 그다음 술잔으로 떨어지고 마치 폭포처럼 술이 흐르고 있었다. 축하합니다, 축하합니다, 당신의 생일을 축하합니다. 홀 안을 가득 메우며 누군가의 생일을 축하하는 곡이 흘렀다. 나는 자리에서 일어났다. 축하곡이 나온 것과 내가 자리에서 일어난 것은 거의 동시였다. 천천히 플로어로 걸어갔다. 플로어 가운데에 서서 음악에 따라 몸을 움직였다. 흰 원피스에 쏟아지는 불빛이 눈부셔 눈을 감았다. 그날은 나의 스물세 번째 생일이었다. 터져 나오는 박수 소리와 계속되는 생일 축하곡. 모두가 나의 생일을 축하해 주고 있는 듯했다. 음악에 귀 기울이고 몸이 가는 대로 마음을 두며 머릿속을 하얗게 비우는 행복한 순간이었다.

그 뒤부터 나는 금요일이면 나이트클럽을 가게 됐다. 플로어 위에는 나와, 흰 원피스를 화려하게 비추는 조명, 그리고 음악만이 있었다. 유년 시절, 인화되지 않은 채 머릿속에서 맴돌고 있는 그 아픈 기억의 필름을 쏟아지는 조명에 하얗게 탈색시키며 한 장 한 장 잘라 나갔다.

저녁 아홉 시 정도가 되면 그는 어김없이 그 자리에 앉아 있다. 항상 맨해튼을 주문한다. 잠시 후 라이터 뚜껑 닫는 소리가 유난히 크게 실내에 퍼진다. 검지와 중지 사이에 끼워진 담배를 잡은 손가락이 가늘고 하얗다. 옆으로 돌린 얼굴에서 깊은 한숨과 함께 담배 연기가 몽글몽글 퍼져 나간다. 그의 주위에서 한동안 배회하던 연기가 벽을 타고 올라 천장에서 흩어진다. 얼굴 옆선이 아버지를 닮았다고 생각한다. 그의 뒤편으로 커다란 액자가 걸려 있다. 흑발의 여자가 당구 큐를 잡고 커다란 그랜드 피아노 위에 걸터앉아 당구를 치고 있는 사진이다. 피아노 끝 부분에 맨해튼 칵테일 한 잔이 놓여 있다. 여자는 가운데 놓인 공을 쏘아보고 있다. 그가 앉는 자리는 항상 공이 놓여 있는 부분에 머리가 오는 위치다. 그의 머리에 가려진 공은 보이지 않는다. 공을 쏘아보는 여자의 눈매가 더욱 매서워지는 듯하다. 언젠가 손님 중 한 사람이 액자 속의 여자를 가리키며 채경 씨 닮았어요, 라고 한 말을 기억해 낸다. 여자가 큐를 뻗으면 그의 머리는… 내 상상은 항상 거기에서 멈춘다. 바 스푼을 조용히 휘저으며 나는 그의 시선을 애써 피한다. 맨해튼을 앞에 내놓는다. 호박색 위스키 속에 붉은 체리가 가라앉아 있는 맨해튼은 강물과 다리 위에 펼쳐진 저녁노을을 보는 것 같다. 노을을 사이에 두고 그와 나의 시선이 만난다. 나는 안다. 그의 시선 속에 아직도 내가 담겨져 있다는 것을.

그의 책상 위 이젤 모양의 액자에 내 사진이 끼워져 있었다. 퉁퉁 부은 발을 들여다보는 그의 눈이 따뜻했다. 길고 가지런한 그의 손가락이 내 발을 눌렀다. 안 되겠다. 한의원에 가 보자. 한의원엔 왜 가? 왜 가긴 인마, 침 맞으러 가지. 그의 인마 소리가 듣기 좋다. 길고 가지런한 그의 손이 좋다. 그가 손을 둘러 내 어깨를 안았다. 며칠째 발의 부기가 가시지 않았다. 아마도 오래 서서 일하는 탓일 것이다. 일요일이라 문을 연 한의원이 없었다. 그냥 가자. 내 말에 그는 아랑곳하지 않고 나를 업고 한나절을 허비했다. 양복이 잘 어울리는 어깨. 그의 등에 얼굴을 기댔다. 엄마 등에 얼굴을 묻고 겨드랑이 사이로 손을 뻗어 몰랑몰랑한 엄마 젖을 만지는 유년의 내가 있었다. 머리 위로 뭔가 뚝, 뚝 떨어졌다. 올려다보니 엄마가 생선 대야를 머리에 이고 있었다. 생선 대야 귀퉁이에 금이 가 있었다. 비릿한 생선국물이 계속 내 얼굴과 머리에 떨어졌다. 채경아, 자니? 그의 말소리에 얼굴을 들었다. 빗방울이 떨어지고 있었다. 하늘을 올려다보았다. 검은 먹장구름에 뒤덮인 하늘이 보자기처럼 우리에게 떨어질 것 같았다.

우리 결혼하자. 그가 말했다. 부은 발 위에 수건을 덮던 나는 뜨거운 불덩이에 닿은 듯 수건을 내려 물이 담긴 대야에 집어넣었다. 나는 일어나 그의 액자에 끼워진 내 사진을 빼냈다. 난 결혼 같은 거 안 해. 그가 담배를 찾아 입에 물었다. 담배 연기 속에 섞인 그의 한숨이 길게 뱉어졌다. 내 마음에서 그의 이름을 지워 낸 건 그때였다.

집을 나오고 한 달이 지나 엄마에게 전화를 했었다. 엄마는 전화기를 붙들고 아무 말 없이 울기만 했다. 그 후 몇 번 집에 들렀지만 대문 손잡이만 만지작거리다 돌아서 오곤 했다. 아버지와 엄마의 생활은 그대로지만 변한 게 있다면 엄마가 시장에 생선 가게를 낸 것이다. 멀리서 엄마를 보았다. 엄마는 네모난 칼을 높이 쳐들어 생선을 향해 내리치고 있었다. 잘려나간 생선머리가 도마 밑에 놓인 양동이로 굴러 떨어졌다. 무거운 칼을 들고 능숙하게 생선을 손질하는 엄마가 생경스러웠다.

엄마를 보고 온 후 며칠이 지나 오피스텔로 아버지가 찾아왔다. 나는 잠을 자고 있었다. 연거푸 누르는 벨소리에 잠이 깼다. 아직 잠이 가시지 않은 목소리로 누구냐고 물어도 대답이 없었다. 방범창으로 보이는 사람은 얼굴이 벌게진 아버지였다. 잠시 망설이는 사이 벨은 계속 울렸다. 나는 급히 속옷 위에 목욕가운을 걸치고 문을 열었다.

문이 조금 열리며 틈이 생겼다. 틈으로 손을 넣은 아버지
는 문을 벌컥 열어젖혔다. 그 바람에 문에 의지하고 있던
내 몸이 밖으로 딸려 나왔다. 아버지가 내 머리채를 휘어
잡았다. 이이… 이년아, 싸아가지 어엄는 년아, 어떠언 노
노믈 후후우련냐. 어떤 놈을 후리다니, 아버지는 항상 이
런 식이었다. 아버지의 손을 떼어 내려 했지만 머리채는
쉽게 풀려 나오지 않았다. 엉성하게 묶인 목욕가운 매듭
이 풀리며 속옷이 보였다. 슬리퍼 한 짝이 발에서 벗겨져
저만치 달아났다. 소란스런 기척에 문을 연 사람들의 속
살거림과 바닥을 끄는 신발 소리가 들렸다. 머리가 아팠
다. 아버지를 힘껏 밀쳤다. 손톱에 긁힌 아버지 손등에서
피가 보였다. 가세요, 다시는 그 집에 돌아가지 않아요.
벌게진 아버지의 눈 밑 근육이 바르르 떨리는 걸 보며 오
피스텔 문을 꽝 닫아 버렸다.

　월요일.

　창밖으로 보이는 키 큰 나무가 훔친 태양 빛이 푸른 잎
들 사이에서 짧은 섬광으로 존재를 알리고 있다. 나무 주
위를 서성이며 여름이 파수를 서고 있다. '진솔'로 들어
서는 초입에 한곳을 바라보며 머리가 맞대져 있는 승용차

두 대가 보인다. 서로 먼저 진입하려다 충돌이 있었던 모양이다. 흰색 차에서 내린 선글라스를 낀 사람이 자기 차와 상대방 차를 바삐 오가며 손으로 뭔가를 설명한다. 회색 차의 남자가 신경질적으로 입에 물었던 담배를 길가에 내던진다. 실랑이는 계속된다. 급기야 흰색 차의 선글라스가 회색 차의 남자를 차 앞부분에 밀어붙여 눕힌다. 그들의 탈진된 월요일을 보며 고개를 돌린다.

가족과 함께 단란한 일요일을 보내고 일터로 나가는 사람들. 아버지는 월요일에 다른 날보다 술을 많이 마셨다. 그러고는 엄마에게 패악을 부렸다. 초등학교를 갓 입학한 그때, 이상하게 월요일에 준비물이 많았다. 준비물이 들어 있지 않은 가방을 보며 나는 수업이 시작되기 전 교문을 빠져나와 집 앞 골목에서 어슬렁거렸다. 설핏 닫힌 방문으로 보이는 방 안엔 아버지가 막걸리와 신 김치를 앞에 놓고 술을 마시고 있었다. 색종이가 없어 학교에 가지 못한 나는 입가에 막걸리 자국을 남기고 잠든 아버지를 보았다. 월요일이 싫고 아버지가 미웠다. 일터가 없던 아버지는 자신의 무기력함을, 뜻대로 되지 않는 삶을 술 먹고 엄마에게 패악을 부리는 것으로 달래고 싶었던 것일까? 그래서 엄마는 그런 아버지를 이해하고 모든 걸 감수한 걸까?

일곱 시가 되자 '진솔' 간판에 불이 켜진다. 여름에는 불 켜는 시간이 늦춰진다. 간판불이 켜진 후부터 '진솔'은 생기를 되찾는다. 실내에 진흙탕 속에서 피어난 연꽃 같다는 재즈가 흐른다. 테이블에서 맨해튼 드라이 주문이 들어왔다. 믹싱글라스에 위스키, 드라이 베르무트, 아로마틱 비터즈를 넣고 얼음을 넣는다. 바 스푼을 무명지에 끼우고 얼음이 녹아서 술맛이 싱거워지지 않도록 휘젓는다. 얼음이 깨지지 않게 조용히, 그리고 스피디하게. 스트레이너를 끼운 술잔에 따르고 올리브 한 개를 띄운 샛노란 오렌지색의 맨해튼 드라이를 테이블로 내보낸다. 맨해튼 드라이는 약용 와인인 베르무트를 쓴맛이 나는 것과 단맛이 나는 것 둘 중 쓴맛이 나는 것으로 칵테일 하게 된다. 술맛도 자연 독해진다. 맨해튼은 인디언 말로는 술주정뱅이란 뜻이다. 언제부터인지 맨해튼 칵테일을 만들 때 위스키의 양을 조금씩 덜하고 단맛이 나는 스위트 베르무트를 더 첨가한 맨해튼을 만들게 되었다. 그러면 맨해튼은 전혀 새로운 맛으로 탄생한다. 나는 그것을 스위트 맨해튼이라 부른다. 아버지에게 내가 만든 스위트 맨해튼을 한 잔 권하고 싶다. 막걸리만 마시던 아버지는 스위트 맨해튼을 마시고 뭐라 말할지…. 물론 아버지는 맨해튼이 인디언 말로 술주정뱅이란 걸 안다면 마시지 않겠지만.

비교적 손님이 없는 시간, 그가 의자에 앉으며 말한다.

"축하할 일이 있는데 술 한 잔 만들어 주시오."

존댓말이 어색해 나는 그를 바라본다. 그의 넥타이가 오른쪽으로 약간 비뚤어져 있다. 축하할 일이 있다는 그의 눈이 음울하다. 플루트형의 샴페인 글라스에 브랜디를 약간 더 첨가한다. 얼굴을 들어 잠깐 그를 쳐다본다. 그의 눈과 부딪친다. 나는 얼른 시선을 샴페인 병으로 옮기며 글라스에 술을 따른다. 오렌지 슬라이스와 레드체리로 장식된 칵테일을 앞에 내놓을 때까지 그의 눈빛은 변하지 않는다. 연한 레몬색 칵테일을 그가 한 모금 마신다. 그가 잔을 내려놓는 순간 실내조명이 조금 낮춰진다. 그의 얼굴에 그늘이 내린다. 나는 언젠가 아버지를 닮았다고 느낀 그의 얼굴을 바라보며 불현듯 구스타프 말러를 생각한다. 구스타프 말러가 죽은 자식에게 붙이는 노래를 작곡할 무렵 건강하던 어린 딸이 갑자기 죽는다. 구스타프 말러는 어린 딸의 죽음이 슬픈 가사에 곡을 붙인 자기 탓인 것 같아 한동안 그 곡에 손을 대지 못한다. 항상 주변을 떠나지 않고 맴도는 죽음에 대한 공포가 빛깔 다른 아픔으로 내게 박힌다. 하지만 구스타프 말러의 죽은 자식에게 붙이는 노래는 비장한 분위기의 훌륭한 곡으로 완성된다. 스스로 죽음에 대한 공포로부터 작곡을 통해 빠져나온 것이다. 책상에 앉아 펜대를 놀리며 작곡에 심취해 있는 말러가 머릿속에서 떠나지 않는다.

오늘 내가 축하할 일이 뭔지 아십니까? 반쯤 남은 칵테일 잔을 자기 쪽으로 약간 기울이며 그가 말한다. 아무 말 없이 나는 고개를 저었다. 그는 칵테일 잔을 손바닥으로 감싸고 말이 없다. 나는 문뜩 손바닥 체온으로 데워진 칵테일이 원래의 맛을 잃을까 걱정이 된다.

"어떤 사람을 내 마음에서 지우려고 하는데 어떻게 생각합니까?"

그가 묻는다. 축하할 일이란 게 그건가요? 내 물음에 그가 화난 듯 내 눈을 쏘아보며 천천히 고개를 끄덕인다. 나는 잡고 있던 지거 글라스에 고개를 떨어뜨리고 말한다.

"지워야 할 사람은 빨리 지우세요."

탁한 새벽 공기를 마시며 오피스텔로 돌아온다. 문을 열자 환하게 불 켜진 실내에 허브향이 그득하다. 불 꺼진 방 안에 들어설 때 얼굴에 끼쳐 오는 공허한 공기가 싫어서 나는 출근을 하면서 방 안에 불 켜 놓는 걸 잊지 않는다. 허브 잎사귀가 들어 있는 찻주전자를 데운다. 허브차의 온기가 온몸의 혈액을 타고 돈다. 나는 주문을 걸듯이 말한다. 외로움을 잡아먹는 향… 외로움을 잡아먹는 향이라고 몇 번이나 되뇐다. 창문을 열고 옷을 벗는다. 담요를 뒤집어쓰고 풍욕을 한다. 큰 숨을 쉬며 몸속 깊이 가라앉은 앙금을 바람에 날려 보낸다. 몸이 가벼워지는 느낌이다. 엄마는 바람에 하는 목욕으로 마음과 몸의 상처들을 씻어 내곤 했을까? 왠지 엄마도 지금 나처럼 풍욕을 하고 있을 것만 같다.

행거 뒤쪽으로 다섯 벌의 흰색 원피스가 걸려 있다. 디자인이 각기 다른 원피스는 다림질이 잘 되어 금요일을 기다리고 있다. 그 중 하나를 내려 타원형의 전신거울 앞에 서서 입는다. 어깨를 살짝 덮은 소매와 맞춰 깊게 파인 목선이 조화롭다. 어제 자른 단발머리가 어깨에서 찰랑거린다. 입었던 원피스를 벗고 다른 원피스를 입는다. 차례로 원피스를 입어 보고 벗는 과정을 되풀이한다. 벗어 놓은 다섯 벌의 원피스를 양팔로 안는다. 누군가의 따뜻한 품에 안긴 듯 아늑하다. 구스타프 말러가 작곡을 끊임없이 반복하며 어린 시절의 상처에서 벗어나려 했듯 나 역시 금요일마다 이 원피스를 입고 나이트클럽을 찾아 내 어린 시절의 기억에서 빠져나오려 한 게 아닐까?

원피스를 안고 밖으로 나온다. 구두 소리가 또각또각 새벽 거리에 울려 퍼진다. 가로등 불빛을 받고 서 있는 커다란 나무의 그림자를 밟자 푸른 잎사귀들이 바람에 부딪혀 소리를 낸다. 오피스텔 앞에 노란색 재활용 수거함이 서 있다. 재활용 수거함을 향하여 천천히 걸어간다. 원피스를 차례로 한 벌씩 집어넣는다. 다섯 벌의 원피스를 삼킨 수거함에 손 없고 하늘을 올려다본다. 눈을 감는다. 어디선가 조지 크리스의 색소폰 연주가 들려온다.

그래 여름이야. 모든 게 잘 돼 가고 있단다. 물고기는 튀어 오르고 목화는 키가 쑥쑥 자라는구나. 오, 네 아빠는 부자란다. 물론 네 엄마는 미인이지.

나는 몸을 돌린다. 어둠 속에 서 있는 오피스텔이 보인다. 경쾌하게 울리는 구두 소리를 들으며 나는 썸머타임의 가사를 읊조린다. 그러니 쉿, 아가야 울음을 그치거라.
나의 창에 불이 환하게 밝혀져 있다.

돈크라이

내가 살고 있는 이유는 단 하나다. 좆같이 아름다운 이 세상이 궁금해서다.

조금 전까지 말짱하던 날씨가 갑자기 비를 뿌리는 것처럼 무슨 일이 일어날지 몇 초 후를 알 수 없는 이 세상이 나는 몹시 궁금하다. 바둑판에서 치열하게 벌어지고 있는 패싸움의 승패가 궁금한 것처럼 말이다.

술 취한 듯 비틀거리며 유리창을 타고 내리는 비는 그칠 줄 모른다. 수일째 폭염경보가 이어지더니 느닷없이 비다. 중국 쪽에서 생긴 열대성 저기압이 홍콩 부근의 뜨거운 공기를 빨아들여 한반도로 몰고 오기 때문이란다. 그래서 뭐

홍콩특급이라나. 이름 하나는 맘에 든다. 땀을 비 오듯 흘리면서도 그 이름 하나 때문에 다 용서한다.

습기를 보듬고 떠도는 공기 사이로 바비 맥퍼린의 'Don' t worry, Be happy' 가 울려 퍼진다. 비에 쏠려 있던 신경이 일순 끊어진다. 이 음악은 성경이를 만나면서부터 내 핸드폰 시그널 뮤직이 되었다.

"여전히 좋습니다"라고 말하는 이들부터 "이젠 좀 바꾸지" 하는 친구들까지 Don' t worry, Be happy 하면 내가 떠오른다지만 나는 성경이가 생각난다. 하성경. 후드득 떨어지는 빗방울 소리를 들으며 말간 정종 마시는 걸 좋아하는 내 여자. 성경이를 만나면서부터 세상이 아름답게 보이기 시작했다. 나는 태어나서 성경이만큼 예쁜 여자를 보지 못했다. 아니 보이지 않는다. 그녀만 생각하면 나도 모르게 미소가 번진다. 지금처럼 말이다.

"아방궁 가자, 아방궁."

강도식의 혀 꼬부라진 고성이 내게서 성경을 앗아간다. 대박의 전 단계 수박을 터뜨린 강도식이 낮부터 취해 '아방궁' 을 가자고 소리를 질러 댄다. 강도식을 따라 아방궁을 다녀온 사람들이 다음날 눈빛을 맞추며 낄낄거리는 걸 보면 그동안 다닌 업소와는 다른 무엇이 있긴 있나 보다. 어찌된 일인지 아방궁 갈 때마다 매번 일이 생겨 나는 한 번도 가 본 적이 없다. 어떤 곳인지 궁금하긴 하지만 내 선택은 오늘도 '돈크라이' 다. 내가 사무실 직속 기사에게 몇 만 원 찔러 주고 "돈크라이!" 하면 끝이다. 가방끈이 훨씬 긴 강도식이 나를 무시하지 못하는 건 순전히 내가 읽은 책 덕분이다. 세상에 공짜는 없다. 어린 학생들 따라다니며 뒤치다꺼리하던 독서실 총무 시절에 친구 삼아 빌려 읽었던 책들이 강도식의 신임을 얻는데 한몫했으니 말이다.

강도식은 '비전' 의 실장이다. 비전은 부동산 사무실인데 주로 지방의 싼 땅을 매입해 돈 많은 '싸모' 들에게 파는 일을 한다. 입사 후 한 번도 얼굴을 보지 못한 사장은 지방에 머물며 싼 땅을 매입해서 실장 강도식에게 넘긴다. 소위 말하는 물주 사모님들을 끌어모아 그 땅을 몇십 배 튀기는 것은 입담 좋은 강도식 몫이다. 직원들의 일 성사에 따라 중간에서 수수료까지 챙기는 강도식은 이 동네에서 준재벌로 통한다. 그런 강도식인 만큼 입사 동기 중 제일 먼저 대박, 수박 다음 단계인 호박을 터트린 나를 애지중지했었다. 호박 한번 맞고 나자 갑자기 세상이 달라지기 시작했다. 책 이외엔 친구가 없고 라면으로 식사를 대신하던 내게 이런 행운이 오게 될 줄은 몰랐다. 숫기없던 내가 전화 콘택으로 불러낸 '싸모' 앞에서 그런 입심을 발휘할 줄 누가 알았겠는가.

두 대의 세단이 돈크라이 입구에 들어서자 꽁지머리를 묶은 마스터와 웨이터 몇 명이 급히 달려와 허리를 90도 숙여 인사한다. 마스터와 웨이터 18번의 어깨를 가볍게 친다. 쾌락의 향연이 시작되는 순간이다.

"벗으세요!"

긴 타원형의 문 앞에 이르자 마스터가 말한다. 문에 붉은색 커튼이 쳐져 있다. 가운데 부분이 약간 벌어져 있는데 마치 커다란 입술 같다. 그 사이로 머리를 들이민다. 성욕을 불러일으킨다는 일랑일랑향이 코를 자극한다. 탄력 있는 질감의 커튼 사이를 통과하려면 약간의 힘이 가해져야 한다. 기분 좋은 자극이다. 마치 여자의 자궁 속을 뚫고 들어가는 기분이다. 마스터가 입구에서부터 촉촉한 자극제로 탄력 받은 우리들을 VIP룸으로 안내한다.

모두들 지정된 파트너를 옆자리에 앉히자 나는 마스터를 향해 "초오이스!" 하고 말한다. '초이스' 내가 '돈크라이' 에 오는 이유다. 마스터가 나가고 난 후 얼마 지나지 않아 여자 둘이 들어온다. 해바라기처럼 키가 큰 여자는 왠지 밋밋해 보인다. 키 큰 여자 옆에 선 다른 여자는 이목구비가 오종종한 게 오드리 헵번을 닮았다. 두 여자가 나란히 나를 향해 선다. 나는 위스키 한 잔을 입안에 털어 넣고 난 후 노래방 기계에 부착된 마이크를 빼내 와 입술을 대고 조용히 말한다.

"해왕성의 위성 개수?"

내 말이 끝나자마자 여기저기서 "씨팔, 또 시작이네" 하는 소리가 터진다. "야, 야, 야, 여기가 뭐 빠구리 대학이냐? 해를 몇 번 봤는지, 꽃밭에서 해 봤는지, 차 위에서 해 봤는지, 뭐 이런 건전하고 호리낭창한 거 이짜나. 거 뭐냐 홍합인지 조리퐁인지 그런 거 말이야. 저거 완저이 쓰레기야, 예쁜 애인만 있으면 다야 개새이." 취할 대로 취한 강도식이 여자의 사타구니로 얼굴을 가져가며 내뱉는다.

만취해 소리 지르는 강도식을 바라보던 두 여자를 향해 나는 다시 묻는다.

"코발트의 원자번호?"

두 여자가 서로 얼굴을 마주보며 황당하다는 표정이다.

"몰라?"

짜릿한 순간이다. 내 말에 해바라기가 긴 머리를 뒤로 넘기며 하이힐 코를 바닥에 툭툭 친다. 별 재수 없는 놈 다 봤다는 표정이다.

"흠… 그으려면…." 내 목소리에서 거만기가 물씬 풍긴다.

"달의 공전과 자전 주기?"

순간 오드리 헵번이 나를 향해 미소 지으며 말한다.

"음… 27이죠?"

하하하 나는 길게 웃음을 터트린다. 그녀의 손을 잡아 내 옆자리에 앉힌 후 가슴에 품어 본다. 내가 좋아하는 사이즈다. 나는 오드리처럼 품 안에 쏙 들어오는 여자를 좋아한다. 내 여자 하성경이 그렇다. 26보다 크고 28보다 작은 자연수, 27. 내 여자 하성경의 나이이다.

살면서 한 번도 선택되어 본 적이 없는 내가 무엇을, 누구를 선택할 수 있게 될 줄은 몰랐다. 초등학교 때 내 소원은 공부를 열심히 해서 남들이 말하는 훌륭한 사람이 되는 것이었다. 나는 그러기 위해서 밤새워 수학 문제를 풀고 동시를 모두 외워 당당하게 학교에 갔다. 그러면 뭘 하나,

다 소용없는 짓이었다. 담임이란 사람들은 하나같이 팔이 아프게 손을 들고 있어도 나를 선택하지 않았다. 내가 만난 선생들은 모두 꽃이나 부드럽고 촉촉한 케이크를 사 들고 학교를 찾아오는 화사한 엄마가 있는 아이들의 이름만을 알고 있는 듯했다. 똑똑한 나는 일찌감치 그런 쓸데없는 일에 시간 낭비하지 않았다. 엄마가 있는 아이들보다 더 쉽게 선생들 눈에 띄는 재미있고 스릴 있는 일을 찾아냈기 때문이다.

돌아가며 노래가 끝나고 나자 오드리가 일어나 번호를 콕콕 누르는데 화면에 'Don't worry, Be happy'가 뜬다. 한 손에 담배를 잡고 폭탄주를 만들던 내 손이 잠깐 경련을 일으킨다. 이런 경우를 뭐라 하나. 우연의 일치? 기분이 최상이다. 어깨를 좌우로 흔드는 품새가 제법 귀엽기까지. 음음음음~ 허밍 음을 내는 그녀의 얼굴 위로 성경의 웃는 모습이 겹친다.

걱정하지 마, 행복하게 살아야지. 어떤 인생이든지 누구나 다 문제는 있기 마련이야. 네가 걱정할수록 문제는 더 커지게 마련이야. Don't worry, Be happy. Don't worry, Be happy(걱정하지 마, 모든 게 잘 될 거야).

나의 초이스는 한 번도 빗나간 적이 없다. 룸은 이미 질펀한 놀이에 빠져 있다. 전라의 남녀가 다리를 걸고 기차 놀이를 하고 있는 모습이 가물가물해지더니 까부라지듯 꿈속으로 빠져든다. 성경이의 무릎을 베고 누워 오드리의 노래를 듣는다. Somebody came and took your bed(누군가 너의 잠자리를 가져가더라도) Don't worry, Be happy.

눈을 떴다. 네 짝의 격자창을 통해 들어오는 태양빛이 세수한 어린아이 민낯 같다. 반달 모양의 시계로 눈이 간다. 정오를 지나고 있다. 나는 두리번두리번 성경을 찾는다. 안개꽃이 그려진 앙증맞은 성경의 잠옷 상의가 양쪽 팔을 벌린 채 식탁 의자 위에 매달려 있다. 급히 어딜 나간 모양이다. 성경의 잠옷을 옷걸이에 걸고 담배를 입에 문다. 긴 꼬리를 남기며 방 안으로 흩어지는 담배 연기를 쫓던 내 시선이 주방과 거실을 가르는 파티션 옆 낮고 긴 장식대에 가 멎는다. 투명하고 커다란 유리병들이 일렬로 늘어서 있다.

"이것 좀 봐. 작고 통통한 게 얼마나 먹음직스러운지 한 입 베어 물고 싶은 거 있지. 근데 이거 먹어 보면 진짜 맛없거든. 작년에도 재작년에도 먹었다가 뱉어 버렸는데 또 깨물어 먹고 싶네. 후후.”

　설탕에 파묻혀 언뜻언뜻 비치는 푸른빛의 매실보다 ‘후후’ 하고 웃는 성경의 웃음이 더 푸르게 느껴졌다. 매실을 걸러 내고 진액을 담은 투명한 세 개의 병 옆으로 식초에 절인 마늘이 보인다. “거칠거칠한 옷을 벗은 맨몸의 마늘이 얼마나 예쁜지 몰라.” 성경의 낮고 또랑또랑한 음성이 들리는 듯하다. 마늘을 많이 까서 매운 맛이 밴 성경의 오른손 엄지손가락을 입에 넣어 빨 때 느껴지던 알싸한 맛. 입안이 아려 오는 것 같다.

　통장의 개수를 늘리고 햇매실과 마늘을 준비해서 저장하는 일…. 성경은 항상 내일을 준비했다. “뭐 하러 쓸데없는 데 시간 낭비하냐”고 말은 하지만 “절대 내 아이는 나처럼 살게 하지 않을 거야”라고 말하는 야무진 그녀가 나는 참 좋다.

　성경과 내가 이 집에서 같이 살기 시작한 건 3개월 전이다. 연인들이 결혼하는 건 헤어지는 상대의 뒷모습을 보기 싫어서라고 했던가. 성경의 마음은 모르겠지만 나는 정말 데이트 후 돌아서 가는 성경의 뒷모습이 보고 싶지 않았다.

급히 번호키를 누르고 들어온 성경의 얼굴이 상기돼 있다. 머리를 질끈 묶고 트레이닝복을 입은 성경의 모습이 발랄해 보인다. 그녀가 마트에서 사 온 물건들을 식탁에 올리자 나는 싱싱해 보이는 노란 파프리카 하나를 들어 와삭와삭 씹는다. 기분이 상쾌해진다. 냉장고에 물건을 정리하는 그녀 등 뒤에서 쿵쿵거리며 장난스럽게 내가 한마디 던진다. "니 몸에서 낯선 놈 향기가 나." 새벽에 들어온 미안함의 표현이다. "딩동댕!" 그녀가 실로폰 치는 흉내를 내며 하하하 웃는다. 그녀의 커다란 웃음소리를 들으면 나는 왠지 가슴이 짠하니 아파온다. 과장된 웃음소리에 실타래처럼 감긴 그녀의 아픔이 느껴진다. 나도 그녀를 따라 하하하 웃는다. 달걀과 두부를 양손에 든 그녀가 냉장고 문을 엉덩이로 톡, 친다. 내 웃음이 여운 없이 냉장고에 갇힌다.

나는 비 맞은 종이 같은 여자는 딱 질색이다. 그런 면에서 성경인 내 스타일이다. 자칫 우울해질 수 있는 무거운 말도 농담처럼 가볍게 돌려 말할 줄 아는 성경이 좋다.

"별반 다르지 않네, 나 살던 이야기와. 난 매일매일 누구를 죽여. 하루에도 몇 번씩 예리한 칼로 찌르고 또 찌르지.”

  내 유년의 이야기를 듣고 난 성경이 했던 말이다. 정종을 마시며 언젠가 했던 성경의 그 한마디에 굳이 전부 듣지 않아도 그녀가 살아왔던 과거가 묻어 있었다. 지금까지 올바른 직업을 가져 본 적이 없다는 아버지, 평생 고생만 하다 암에 걸려 치료 중인 어머니, 아르바이트하며 힘들게 대학을 다니고 있는 동생들. 만남 초기에 간헐적으로 들은 그녀의 가정사이다. 그걸로 끝이었다. 그 후로 한 번도 나까지 우울하게 만드는 그런 속내를 털어놓은 적이 없었다. “꿀꿀한 바이러스 전염시키지 말고 복습도 하지 말자” 던 성경의 말이 어느새 우리의 룰처럼 굳어져 버렸다. 상대가 말하지 않는 이상 캐묻지 않는 룰.

  콩나물과 북어를 넣은 해장국. 콩과 검정 쌀이 약간 섞인 고소한 잡곡밥. 깨소금과 참기름에 버무려진 나물 반찬. 검정콩과 하얀 두부조림이 조화를 이루며 접시에 나란히 앉아 있다. 나는 번개처럼 식탁 위에 한 상 가득 차려 놓는 성경의 솜씨에 매번 감탄한다. 성경은 어떤 일이 있어도 밥상을 미리 차려 놓지 않는다. 말은 하지 않지만 내가 제일 좋아하는 성경의 장점 중 하나다. 나는 차려 놓은 밥상을 보면 가슴에 휑하니 바람이 일며 뻥 뚫린 듯한 기분이 든다. 술을 마시고 갖은 패악을 부리던 아버지에게 질려 엄마가 떠나던 날, 차려 놓은 마지막 밥상이 생각나서다. 아기자기한 그릇들 안에 올라앉은 나만을 위한 성경의 야문 솜씨에 가슴이 묵직해진다.

'비전'의 월요일 회의 시간.

강도식은 대뜸 현실이 만족스럽냐고 묻는다. 여기저기서 피식거리는 웃음이 터져 나온다. 때를 놓치지 않고 강도식이 목청을 높여 외친다.

"주렁주렁 황금 열매가 매달린 나무가 보이지 않습니까? 여러분은 그저 그 열매를 따기만 하면 됩니다. 나무가 높으면 사다리를 준비하겠습니다. 사다리에 오를 기운이 없으면 제가 따 드리지요. 받기만 하십시오. 대신…."

여기까지 말한 강도식이 양복 상의를 벗더니 의자에 걸쳐 놓고 생수병을 들어 한 모금 마신 후 "커다란, 아주아주 커다란 바구니가 필요할 겁니다. 비전에 계신 여러분의 미래는 보장돼 있습니다. 저는 기꺼이 여러분의 파수꾼이 되겠습니다" 하며 생수병 뚜껑을 닫고 탕, 소리가 나도록 힘있게 탁자에 내려놓는다.

‘열심히 작업한 직원들 이익금의 절반이 넘는 액수를 수수료로 챙겨 가면서 파수꾼이라니 무슨 헛소리를 늘어놓는 건지….’ 나는 또 비가 오려는지 아침부터 먹장구름이 잔뜩 낀 어둠침침한 하늘을 바라보다 “약속합니다”라는 강도식의 큰소리에 고개를 돌린다.

“황금 열매가 주렁주렁 매달린 이곳 비전에서 맘껏 여러분의 미래를 설계하십시오. 행복한 세상으로 인도하겠습니다.”

행복한 세상, 행복한 세상은 어떤 세상인가? 아버지가 있는 요양소 이름이 ‘행복한 세상’ 이다. 그곳에서 아버지는 행복한가. 아버지는 모든 기억을 잊어버렸다. 기억하는 것은 오직 하나, 내 이름뿐. 나는 아버지가 유일하게 기억하는 내 이름을 버렸다. 최강. 내 이름을 듣고 십중팔구는 “그거 가명이죠?”라고 묻는데 물론이다. 새로운 내 이름이다. 요즘 이름 바꾸는 절차가 그다지 까다롭지 않다고 들었다. 이참에 확 바꿔 버릴까 생각 중이다. “도대체 실명이 뭐냐”고 묻는 이들이 많지만 말할 수 없다. 나도 이젠 내 진짜 이름을 잊어버렸다. 아버지처럼…. 식사하는 것조차 잊어버리고 내 이름밖에 모르는 아버지가 하루 종일 먹는 것은 밥알 몇 개라고 한다. 그나마 우유는 거부하지 않고 마셔서 다행이라고 의사가 말했다.

강도식이 얼굴을 붉혀 가며 말을 하느라 열을 올리고 있을 때 갑자기 창문을 두드리며 세차게 빗줄기가 쏟아진다. 강도식이 잠깐 창가로 고개를 돌려 떨어지는 빗방울을 바라보더니 아무 일도 없었다는 듯 다시 고개를 앞으로 향하며 말을 잇는다.

"달콤한 열매를 따러 가는 여러분 뒤에서 우산을 받쳐 들고 따르겠습니다. 이 촉촉한 날에 또 우리 열심히 손가락 운동을 해 봅시다."

'너를 위해 열심히 싸모님을 불러내라는 얘기군.' 나는 결국 쿡쿡하고 웃음을 터트리고 만다. 강도식과 직원들 눈이 나에게로 향한다. 갑자기 실내에 무거운 침묵이 흐른다. 실내의 정적을 빗소리만 가득 채우고 있다. 몹시 불쾌한 얼굴을 감추지 못하던 강도식이 큰 소리로 말을 잇는다. "행운을 눈앞에 두신 여러분! 분발합시다."

강도식의 조회 연설이 끝나도 실내는 여전히 어색한 정적에 휩싸여 있다. 분위기를 만회하려는 듯 강도식이 "이상입니다" 하고 자리에 앉으려는 순간 내 옆자리에 앉아 있던 송 차장이 박수를 치기 시작한다. 그러다 하나둘 합세한 박수 소리가 점점 커지더니 쉬 사그라지지 않는다. 박수를 치는 이들의 얼굴은 당장 손에 보물이라도 쥔 듯 모두들 들뜬 분위기다.

나는 비전에 입사하던 날부터 강도식이 마음에 들지 않았다. 특히 여자처럼 윤기가 흐르는 실버들같이 얇은 그의 입술 때문에 더욱더.

강도식은 입사 동기들 중 나를 눈에 띄게 챙겼다. 근성이 보인다고 연신 다른 사람들 앞에서 나를 칭찬하더니 호박을 몇 번 터트리고 나자 그때부터는 대놓고 나를 편애했다. 적어도 그 일이 있기 전까지는 그랬다.

브리핑 준비로 퇴근이 늦어지던 날, 나는 안 들었으면 좋았을 전화 통화 내용을 듣고 말았다. 강도식이 사장과 통화를 하고 있었는데 내용은 물량이 딸리니 빨리 잡으라는 것과 현 시세보다 더 싼 땅을 매입하라는 것이었다. 나는 매입된 땅의 가격을 듣고 깜짝 놀랐다. 우리에게 제시한 가격에 비해 턱없이 낮은 시세였다. 물주들에게 땅을 팔고 난 후 내 통장에 입금된 금액과 가격 차이가 너무 많이 났다. 직원들이 대박이든 수박이든 한번 터트리고 나면 업소 순례 시키는 게 하는 일의 전부인 강도식에게 넘어가는 수수료치고는 지나치게 과했다. 사장과의 면담을 줄기차게 요청했지만 묵살됐다. 강도식이 겉으로 드러내지는 않았지만 내게 적대감을 보이기 시작한 건 그때부터였다. 그러다가 직원들이 몇 명 사퇴를 하면서 강도식의 비행이 사장의 귀에까지 들어가게 되었다. 비전이 생긴 이래 가장 큰 프로젝트를 계획하고 있던 차에 강도식은 위기감을 느끼고 대박을 터트릴 수 있는 부지를 나의 매매 물건에서 매번 고의적으로 빠트렸다.

그나저나 정말 웃기는 일 아닌가. 말짱하던 날씨가 변덕을 부려 저렇게 소나기를 퍼붓는 것처럼 한치 앞을 알 수 없는 세상에 보장된 행복이라니.

일식집 '가스미'

점심시간과 외근을 핑계로 시간을 넉넉히 벌어 성경이 근무한다는 일식집 '가스미'를 찾는다. 일식집 간판을 보자 입가에 미소가 떠오른다. '가스미'라는 일식집에서 근무한다는 성경의 이야기를 듣고 내가 장난스럽게 그녀의 가슴을 만지며 "이거?"라고 물었던 기억이 났기 때문이다. 성경을 놀라게 하려고 말없이 가스미에 몇 번 들렀지만 그

때마다 성경은 보이지 않았다. 오늘은 반드시 성경을 만나 놀라게 해 주리라 작정한다.

바다가 보이는 창이 넓은 방을 예약하고 앉는다. 옆이 길게 트인 치마를 입은 참해 보이는 여자가 들어와 나를 보며 미소 짓는다. 나는 재빨리 그녀의 왼쪽 가슴에 달린 명찰을 본다. 미림 씨! 이름을 불린 여자가 잠깐 당황하며 내게 눈길을 준다.

"여기 하성경이란 여자 있지요, 이 방으로 그 여자분 좀 불러 줄 수 있나요?"

내 말에 여자가 고개를 갸웃갸웃한다. 3일밖에 근무를 하지 않아 잘 모르겠으니 알아봐 주겠다고 한다. 성경이가 놀랄 걸 생각하니 웃음이 절로 난다. 놀라면서도 반가워 눈물이라도 흘릴지 모른다. 양복 안주머니에서 성경에게 줄 선물을 꺼내 본다. 창을 통해 들어온 햇빛을 받아 유리 알처럼 맑은 성경의 반지가 반짝인다. 노크 소리에 놀라 나는 얼른 반지를 주머니에 집어넣는다. 그런 분은 안 계시답니다, 여자가 말한다. 갑자기 가슴이 두근두근 뛴다. "그럴 리가 없는데…" 내가 말을 흐리자 여자가 얼른 "주문한 음식을 가져올까요?" 하고 묻는다. 나는 말없이 고개를 끄덕인다. 재떨이에 새겨진 상호를 보자 '가스미'의 뜻은 '안개'야 하던 성경의 말이 떠오른다. 나는 창으로 시선을 돌린다. 어느새 빗방울 떨어지고 있는 바다 풍경이 창 가득 그림처럼 들어와 있다. 빗소리 들으며 말간 정종 마시는 걸 좋아하는 성경이는 어디에 있는 것일까.

성경을 만나던 날도 비가 왔었다. 그날 독서실에서 도난 사건이 일어났다. 평소 행실이 좋지 않은 명철이란 학생을 모두들 지목하며 내게 가방을 수색해 보라고 했다. 아이들이 버티는 명철을 양쪽에서 붙잡고 있는 사이 나는 가방을 뒤졌다. 저녁에 명철이 아버지라는 사람이 독서실로 칼을 들고 찾아와 한바탕 소란이 벌어졌다. 어미 없는 자식이라고 놀림 받게 하는 것도 서러운데 이제 도둑 누명까지 씌우느냐며 내 뺨을 무자비하게 쳐댔다. 주먹을 써서 사람을 크게 다치게 한 경험이 있던 나는 이를 악물고 버텼다. 무엇보다 어미 없는 자식이란 말에 내 손목을 꺾으며 참고 또 참았다.

가방을 싸 들고 독서실을 나오는데 추적추적 비가 내렸다. 갈 곳이 없던 나는 평소 잘 가던 독서실 근처의 포장마차로 향했다. 소주 두 병을 비울 때쯤 어떤 여자가 포장마

차 문을 빠끔히 밀며 들어서는데 정신이 번쩍 들었다. 예뻐서라기보다 어디선가 본 듯한, 예전부터 내가 알고 있는 듯한 느낌의 여자였기 때문이다. 여자가 자리를 잡고 앉자 주인이 묻지도 않고 정종을 내놓았다. 고개 숙이고 말없이 술잔만 비우는 여자. 새끼손가락을 치켜들고 정종 잔을 기울이는 여자의 옆모습이 참 예쁘게 보였다. 술병이 거의 바닥을 보일 때쯤 여자가 시선을 의식했는지 내 쪽으로 고개를 돌렸는데 눈에 눈물이 그렁그렁했다. 순간 엄마가 떠올랐다. 금방이라도 흘러내릴 듯 항상 눈에 눈물을 머금고 있던 여자. 내가 기억하는 엄마의 모습이었다. 나도 모르게 가슴이 먹먹해져 왔다. 우리는 서로에게서 동시에 고개를 돌렸다.

토사물을 내려다보며 갈 곳을 궁리하던 내 귀에 노랫소리가 들려왔다. 혀가 꼬인 상태로 Don' t worry, Be happy를 흥얼거리며 내 앞을 지나가는 여자. 잠깐 멈칫하던 그녀가 내가 있는 쪽으로 비틀비틀 걸어왔다.

"글러게 내가 머라 그래써… 사랑을 미찌 마라 그래짜나…"

여자가 내게 손가락질을 하며 술 취해 혀 꼬부라진 소리를 했다. 내가 자리에서 일어서는 순간 여자가 비틀하며 몇 발자국 걷더니 토사물 위로 넘어졌다. 내가 어쩌지 못해 어물쩍거리고 있는 사이 여자가 "우이씨, 이 뭐야, 끝까지 드럽게 재수 없네" 하며 그 자리에 다시 털썩 주저앉았다. 나는 천천히 다가가 여자를 안아 일으켰다. 술에 취한 여자는 쉽게 일으켜지지 않았다. 몇 번 일으키려다 실패한 나는 기운이 빠져 그만두려다가 내 볼에 와 닿는 축축한 물기 때문에 동작을 멈췄다. 눈물이었다. 고개 숙인 여자가 자신을 안고 있는 나를 힘껏 밀쳐 냈다. 담배를 꺼내 문 나는 가로등 불빛을 바라봤다. Don't worry, Be happy…. 여자가 노래를 흥얼거리기 시작했다.

집중이 안 된다. 강도식은 아침에 출근한 나를 붙들고 무슨 일이 있었냐는 듯 커피까지 타 주며 살갑게 굴었다. 점심식사를 마치고 나자 한사코 아방궁을 걸고 바둑을 한 판 두자고 했다. 나는 정말 내키지 않았지만 강도식의 부어오른 왼쪽 입술과 찢긴 흔적이 역력한 눈두덩을 보면서 차마 끝까지 거절할 수 없었다.

우상귀에서 어느 정도 재미를 본 강도식이 좌상귀로 옮기며 외목으로 선수를 친다. 변화가 대단히 많은 외목을 택했다는 건 자신이 있다는 이야기다. 강도식이 입에 물었던 담배를 재떨이에 누르고 오랫동안 짓이긴다. 허리가 꺾여 버려진 담배의 필터가 잇자국으로 자글자글하다. 심사가 괴롭다는 징표다. 저절로 나의 눈이 바둑판에서 강도식의 얼굴로 옮겨 간다.

저렇게까지 만들 생각은 없었다. 왜 그 자리에 강도식이 나타났는지 모르겠다. 일이 꼬이려니 별스럽게 꼬였다. 가스미에서 근무한다던 성경을 만나지 못한 나는 그저 그녀를 불러 정종을 한 잔 마시고 싶었다. 가스미에 갔었다는 이야기, 왜 그 자리에 없었냐는 그런 구차스런 이야기 따윈 하고 싶지 않았다. 그저 빗소리를 들으며 성경과 정종 한 잔을 마시고 싶었을 뿐이다.

강도식이 그 자리에 나타난 건 정종 병이 반도 비워지기 전이었다. 말없이 잔을 기울이는 성경의 새끼손가락을 바라보며 양복 안주머니에서 반지를 꺼내려 할 때 "여 이거 누구야? 어제 꿈속에서 본 미인이 여기 계셨네" 하며 우리 자리로 강도식이 다가왔다. 강도식은 전작이 있었는지 적당히 취해 있었다. 나와 성경은 어정쩡하게 몸을 일으키며 강도식을 맞았다. 일행에게 기다리라는 손짓을 한 강도식이 내 옆자리로 와서 털썩 주저앉았다. 내 술잔에 남아 있던 정종을 바닥에 휙 뿌린 강도식이 성경에게 잔을 내밀며 "상양, 나도 한번 받아 봅시다. 그 고운 손으로 잔을 채워 보시오. 권주가가 따르면 더 좋고"라고 말했다. 성경의 얼굴이 순식간에 하얗게 변했다. 나는 얼른 "상양이라니요. 아, 제가 따르겠습니다" 하면서 강도식의 잔을 채우기 위해 술병을 들었다. 강도식은 거칠게 "이거 왜 이래, 내가 상양한테 따르라고 했지, 너한테 따르라고 했어" 하며 술병을 빼앗아 성경에게 주려다가 바닥에 떨어뜨렸다. 바닥에 떨어진 병이 깨지며 사방으로 유리조각이 튀었다. 주인이 달려오고 손님들이 모두 우리 자리로 눈을 돌리면서 분위기가 묘하게 돌아가기 시작했다.

나는 그때까지 어떻게든 사태를 수습하려고 노력했다. "술도 그리 과하지 않은 것 같은데 사람까지 착각하고 왜 이러십니까." 조용히 말한 내가 정종 한 병을 더 시켰다. 그때 성경이 자리에서 벌떡 일어섰다. 그러자 강도식이 일어서는 성경의 팔목을 재빠르게 그러쥐었다. 자신의 팔목을 쥐고 있던 강도식의 손을 성경이 앙팡지게 물어뜯은 건 순식간이었다. 강도식이 짧게 비명을 내지르는가 싶더니 바로 성경의 따귀를 올려붙였다. 순간 나는 핑하며 현기증을 느꼈다. 강도식의 멱살을 움켜쥐고 벽 쪽으로 밀어붙인 나는 주먹으로 강도식의 오른쪽 볼을 강타했다. 강도식이 아래로 주저앉으며 욕을 해대기 시작했다. "그럼 그렇지. 네까짓 게 아무리 숨기려 해도 어미 없이 큰 놈 근성이 어디 가냐 엉?" 그 소리를 듣자마자 나의 오른쪽 발과 왼쪽 주먹이 강도식을 향해 동시에 날아갔다. 나는 분을 참지 못하고 계속 욕을 하며 일어서려는 강도식의 등을 향해 의자를 들어 내리쳤다. 생각 같아서는 목을 꺾어 놓고 싶었다. 삶은 그렇게 시시때때로 내 뜻과는 상관없이 흘러간다.

강도식은 오른손으로 턱을 괴고 왼쪽 무릎에 올린 오른쪽 발을 자발없이 떨고 있다. 발을 떠는 버릇은 강도식의 전매특허지만 중요한 일을 치를 때면 그 증상이 더 심해진다. 강도식의 외목 타진에 나는 화점 옆에 두는 날일 자 정석을 포기하고 공격형 바둑을 방어하는 느낌의 시원스런 한 수를 던진다. 그런데 나의 불필요한 한 수에 무서운 속도로 공격형 바둑을 두는 강도식이 어쩐 일인지 신중을 기한다. 강도식이 떨던 오른쪽 발을 잠깐 멈추는 듯하더니 우상귀로 뻗어 가는 날일 자에 낙점을 한다. 강도식의 손에서 내려진 바둑알이 한동안 바둑판 위에서 뎅그르르 몸을 떤다. 실리보다는 위치를 중시한 수다.

"이거이거 남의 것 탐내기 전에 내 집 단속을 잘해야지 엉?" 하면서 강도식이 나를 쳐다본다. 엉성한 내 수에 민감한 반응이다. 나에게 맞아 엉망이 된 강도식의 얼굴을 바라보기가 민망해 얼른 고개를 돌린다.

"노련한 사냥꾼답지 않게 왜 이러시나." 비꼬듯 내뱉는 강도식의 말 속에 불편한 심기가 고스란히 드러난다. 내 의도된 실수를 바로 받아쳐 시원하게 빵때림 한방으로 마무리를 유도하는 강도식의 입가에 일그러진 미소가 번진다.

바둑은 마무리 국면으로 접어들었다. 실내에 Don't worry, Be happy 음악이 울려 퍼진다. 나는 눈을 바둑판에 두고 여기저기 주머니를 뒤져 핸드폰을 찾는다. 양복 안주머니에서 핸드폰을 찾아 액정을 들여다본다. '행복한 세상.'

"여보세요" 소리를 듣자마자 송수화기 저쪽에서 던진 말들이 콩알 튀듯 날아와 귀에 박힌다. 수화기를 들고 있던 손에서 힘이 빠져나간다. 담배를 찾기 위해 주섬주섬 주머니를 뒤진다. 없다. 욕이 절로 나온다. 가슴이 심하게 방망이질 친다. 내 몸에 붙은 장기도 내가 어쩌지 못하는 이 상황. 뭔가 뒤죽박죽된 이 느낌. 참 알다가도 모를 세상이다.

오늘 아방궁행은 바둑에서 이긴. 강도식이 거하게 쏘는 판이다. 돈크라이에서 그리 멀지 않은 곳이다. 매일 가다시피 하는 돈크라이 가까운 곳에 이런 곳이 있었다니 놀랍다. 검은 정장 차림의 사내 몇 명이 입구로 뛰어나와 강도식을 맞는다. 왼쪽 가슴에 'GOOD' 이란 명찰이 눈에 띈다. "구웃, 좋아." 강도식이 굿의 어깨를 가볍게 친다. 이름 좋다. 뭔가 좋은 일이 있을 것 같은 느낌이다.

오늘은 특별히 축배를 들어야 한다. 먹고 싶지 않은 밥을 먹기 위해 수고스럽게 수저를 들어야 하는 노동이 필요 없는 편안한 곳으로 아버지가 갔기 때문이다. 집 나간 엄마를 기다리던 아버지가 지쳐 나를 버리고 갈까 두려워 내가 할 수 있는 일은 다했다. 배가 고파도 아버지가 귀찮아할까 봐 밥을 굶고 학교에 갔다. 조간신문만 돌리다가 나중엔 석간신문까지 돌렸다. 보충수업을 빼먹었기 때문에 학교에서는 담임한테 매를 맞고 보급소에서는 매번 지각한다고 소장한테 구둣발로 까이기 일쑤였다. 신문배달을 하다가 담 위에 늘어진 주머니를 보았는데 우유가 들어 있었다. 신문과 우유가 같이 배달되는 집이 많다는 걸 알고 우유배달까지 겸했다.

한 달 동안 번 돈을 아버지 머리맡에 말없이 밀어놓을 때보다 더 기분 좋은 건 아침에 소장이 주는 우유를 아버지에게 가져다줄 때였다. 뭔가 아버지를 위해 내가 할 수 있는 일이 있다는 뿌듯함으로 내 배 고픈 건 쉽게 잊을 수 있었다. 너는 먹었느냐는 말을 한 번도 물어보지 않은 채 우유를 잘 마시던 아버지는 고등학교 입학을 며칠 앞둔 나를 버리고 집을 나가 버렸다. 나는 울지 않았다. 아버지 대신 우유를 마시고 열심히 신문을 돌렸다. 성인이 된 나를 찾아온 아버지는 '행복한 세상'에서 그동안 못 다 마신 우유를 마저 마시고 죽었다.

아방궁은 입구부터 그동안 보아 왔던 업소와는 다른 분위기다. 여러 개의 둥근 대리석 기둥이 받치고 있는 천장에 아라베스크 무늬가 새겨져 있다. 날개 달린 꽃이 하늘로 올라가 어느 순간 환하게 터진 것 같다. 입구를 벗어나자 원형 경기장을 연상시키는 홀이 나타난다. 멀리 앞쪽에 아치형 문이 다섯 개 보인다. 각각의 문에 이름이 붙어 있다. 세 번째 중앙 문으로 가는 길에 분수가 설치되어 있다. 물줄기가 각기 시차를 달리해 위로 솟구쳤다가 떨어질 때마다 피아노의 음색을 들려준다.

좁은 복도로 들어서자 향과 색상이 제각각인 벽면이 나타난다. 전작으로 거나하게 취한 우리는 순한 어린아이처럼 웨이터를 따라 미로를 말없이 걷는다.

어둠에 익숙해지자 객석의 많은 사람들이 눈에 들어온다. 강도식이 지갑에서 지폐 몇 장을 집어 웨이터에게 건넨다. 머리가 땅에 닿도록 허리를 깊게 숙여 인사 한 웨이터가 무대를 정면으로 볼 수 있는 자리에, 나와 강도식의 자리를 마련한다.

크고 작은 나무가 울창하게 우거진 숲의 무대.

싱그러운 풀 냄새가 실내에 그득하다. 정원처럼 꾸며진 무대 한가운데 연못이 있다. 어디선가 음성이 들려온다. 남성도 여성도 아닌 듯한 목소리는 메아리가 되어 묘한 여운을 남기며 실내를 장악한다. 순식간에 조명이 회오리처럼 객석을 휘돌더니 연못으로 옮겨 간다. 전라의 몸을 밀착시킨 남녀가 보인다.

중성의 음색이 내는 효과음에 맞춰 사이키 조명 속에서 남녀의 격렬한 동작이 끊어질 듯 이어지고 끊어질 듯 이어진다. 마치 조각난 필름이 떠돌고 있는 것 같다. 낮게 깔린 안개가 뱀처럼 무대로 기어든다. 연못 중앙까지 안개가 점령하자 갑자기 여자를 내려놓은 남자가 일어선다. 연못을 향해 뛰어드는 남자의 실루엣. 뒤이은 중성의 음성.

"다리 하나를 잃어버린 가엾은 새를 위해 날개를 달아 주실 분을 찾습니다."

남자를 잃어버린 여자를 위해 경매가 시작된다. 한 장부터 시작한 경매는 다섯 장을 넘어서자 약간 주춤해진다. 조명이 어둠에 묻혀 있던 여자를 향해 쏟아진다. 안개에 휩싸인 여자가 어렴풋이 보인다. 마치 숲에서 길 잃은 한 마리 사슴 같다. 강도식이 웨이터를 불러 귓속말을 한다. 잠시 후 여자가 고개 숙인 채 객석을 향해 검지를 치켜든 것과 거의 동시에 강도식이 일어나 무대를 향해 성큼성큼 걸어간다. 모두들 "우와" 하며 함성을 내지른다. 강도식은 뱀 허물 벗듯이 양복저고리와 바지를 벗어 그 자리에 내려놓는다. 무대에 올라선 강도식은 전라다. 여자가 꼬았던 오른쪽 다리를 큰 원을 그리며 내려놓는다. 다리 사이로 보이는 거뭇한 거웃이 뇌쇄적이다. 다가온 강도식의 허리를 여자가 다리로 휘감을 때 '열 장의 날개 주인공'이 나타났다는 음성이 들린다. 강도식이 여자를 안아 일으킨다. 허리를 감은 다리를 밀착시킨 여자의 얼굴이 강도식의 어깨에 걸린다. 강도식이 여자를 안은 채 내가 있는 쪽으로 천천히 뒷걸음질을 친다. 무대 위의 두 사람과 나의 간격이 훨씬 가까워진다. 어둡던 불빛이 가장 환한 빛을 발하는 순간, 나는 불벼락을 맞은 것처럼 자리에서 벌떡 일어난다. 눈을 감은 채 강도식에게 안겨 있는 여자는 분명… 분명, 성경이다.

높은 절벽 위에서 떨어진 커다란 바위에 머리를 맞은 것처럼 나는 꼼짝할 수가 없다. 눈을 질끈 감았다 다시 뜬다. 그 순간 객석에서 다양한 탄성이 터진다. 불빛이 관객을 향해 춤추듯 출렁이더니 이내 관객석을 어둠에 몰아넣는다. 환한 주황색 불빛이 무대를 향해 내리꽂힌다. 격렬한 몸놀림을 하는 남녀를 따라 움직인다. 내 몸이 가위눌린 것처럼 움직여지지 않는다. 황홀한 표정을 짓는 성경의 얼굴, 그녀를 안고 무대를 천천히 돌고 있는 강도식, 낮은 탄성을 내지르는 객석의 인간들이 모두 하나 되어 나를 속이고 조롱하는 것 같다. 수초 간격으로 바뀌는 불빛에 뒤섞인 그들이 여러 가지 색으로 마구 범벅된 물감처럼 혼탁하게 보인다.

이 상황은 뭔가, 도대체 무슨 일이 일어나고 있는 건가. 알 수가 없다. 왜 저곳에 성경이가 있는지 정말 나는 알 수가 없다. 하늘에 거꾸로 매달려 있는 듯한 어지럼증을 느끼며 나의 몸이 비틀한다. 모습 없는 음성의 신음과 객석에서 터져 나오는 한숨이 등 뒤로 화살처럼 꽂힌다.

거리를 밝히는 불빛들이 현란하다. 깜빡깜빡하는 네온이 내게 어서 오라고 손짓하는 것 같다. 마음과 달리 앞서가는 발걸음이 공중에 뜬 것 같다. 자꾸 발을 헛디딘다. 오가는 사람들과 부딪쳐 구석으로 밀리기를 거듭한다. 지나가는 이들이 힐끔힐끔 곁눈질을 하며 뭐라고 자기들끼리 소곤거린다.

앞쪽에 흐릿하게 돈크라이 간판이 보인다.

돈●●●, ●크●●, ●●라●, ●●●이. 보였다 안 보였다 명멸을 반복하는 네 개의 글자가 서로 숨바꼭질 하는 것 같다. 바지 주머니에 든 전화기의 진동으로 잠시 몸을

움찔한다. 강도식이다. 내가 주춤거리는 사이 손바닥 안에
서 전화기는 계속 몸을 떨고 있다.

"이 좋은 별천지를 두고 왜 나간 거야 엉? 저기 말이지
여기 상양 말이야. 어디서 많이 본 여자 아니…."

나는 전화기의 윗부분을 꺾어 멀리 던져 버린다. 살점을
찢고 심장이 밖으로 터져 나올 것 같다. 뻔히 보이는 낮은
수에도 심혈을 기울이더니 오늘의 아방궁행은 강도식의
계획된 묘수였다.

유리처럼 투명한 쇼핑몰 건물 벽이 앞쪽에서 쏘아대는
조명에 반사되어 반짝인다. 눈이 부셔 제대로 쳐다볼 수가
없다. "상양?" 내 입에서 흐흐흐, 웃음소리가 흘러나온다.

"상양이란 새가 있어. 발이 하나밖에 없는 전설상의 새
야. 붉은 부리와 아름다운 날개를 가진 그 새는 밤에만 날
아다닌대."

언젠가 성경이 내 품에 안겨 들려주던 이야기를 기억해
낸다.

나는 성경이를 세상에서 가장 행복한 여자로 만들어 주
고 싶었다. 진정으로 행복해서 웃는 그녀의 모습을 보고
싶었다. 아픔에 버무려지지 않은 그런 해맑은 웃음소리를

듣고 싶었다. 그러면 아버지와 나를 두고 가 버린 엄마도 어디선가 웃으며 살 수 있을 것 같았다.

입간판들이 즐비한 거리는 대낮처럼 환하다. 깜빡임으로 자신의 존재를 알리는 간판 불빛들이 마치 윙크로 유혹하는 무희처럼 느껴진다. 창을 타고 흐르는 비처럼 흐느적거리며 걷던 내 입에서 노래가 흘러나온다.

Ain't got no place to lay your head(설사 머리를 기댈 곳이 없고), Ain't got no gal to make you smile(널 즐겁게 해 줄 여자 친구가 없어도), Don't worry, Be happy. Don't worry, Be happy….

나는 Don't worry, Be happy를 주문처럼 읊조린다. 허공으로 흩어져 사라지는 내 노래가 돈크라이 간판에서 흘러나온 현란한 불빛 속으로 빨려 들어가는 듯하다. 쇼윈도에 즐비한 갖가지 장식물이 조명을 받아 더욱 빛을 발하고 있다. 나는 고개 들어 하늘을 올려다본다. 빗물에 씻겨 반들반들 윤기를 더하고 있는 키 큰 나무의 초록 잎사귀들이 비 온 뒤 맑게 갠 밤하늘에 휘영청 드리워져 있다. 나뭇가지 사이사이에 쏟아질 듯 별들이 박혀 웃고 있다. 좆같이 아름다운 세상이다.

태풍을 기르는 방법

또다시 욕지기가 치밀어 왔다. 욕실로 달려가 세면대를
붙잡고 한참을 씨름했다. 연신 올라오는 헛구역질은 멈추
질 않고 계속됐다. 거울에 비친 눈자위가 붉었다. 세면대
장식장 옆에 걸린 분무기를 빼 들고 허공에 두세 번 흩뿌
렸다. 장미향. 역겹게 올라왔던 욕지기가 조금 가라앉는
듯했다. 장식장 안에 진열된 아로마오일이 눈에 들어왔다.
그중 붉은색 장미 향유병들은 얼마 남지 않은 통장의 잔액
처럼 바닥을 드러내고 있었다. 언제까지 장미향을 소유할
수 있을까. 장미향은 엔도르핀을 만들어 스트레스와 두통
에 좋다. 처음 아로마오일을 사용할 때 여러 가지 향을 사

용해 봤지만 장미향의 느낌이 제일 좋았다. 가끔 우울증에 효과가 있는 재스민을 이용하기도 하지만 몸에 지니고 다니며 사용할 뿐 아니라 집 안에서도 주로 사용하게 되는 향유는 장미향이다. 그러나 집 안에 배어 든 냄새가 좀처럼 가시지 않을 때는 혼합 오일을 사용한다. 장식장 문을 열고 아로마오일을 꺼냈다. 유칼립투스 열 방울을 먼저 분무기 안에 떨어뜨렸다. 차례로 라벤더 여덟 방울과 레몬향 다섯 방울을 떨어뜨리고 적정량의 물을 부어 잘 섞었다. 향유를 집 안 곳곳에 흩뿌렸다. 공중에 분사된 향유가 물안개처럼 모였다가 순식간에 흩어졌다. 향을 머금은 물분자가 역겨운 냄새를 감지하고 포획하는 모습처럼 보였다.

가스레인지 위에서 들썩이고 있는 들통 뚜껑 소리가 요란스러웠다. 뜨거운 내부 온도와 습한 기운을 못 이기고 마침내 들통 안의 고기가 몸을 날려 밖으로 뛰쳐나오면 어쩌나 하는 생각이 들 정도였다. 들통 사이로 새어 나온 냄새가 집 안으로 퍼지고 있었다. 들통 뚜껑을 열고 두 발 포크로 고기를 찔러 봤다. 아직 핏기가 묻어났다. 올라오는 욕지기를 누르느라 주먹 쥔 손이 아팠다. 국물 위에 뜬 기름기를 일차로 걷어 내고 고기가 익을 동안 준비할 재료를 식탁 위에 펼쳤다. 그가 돌아와 식사를 할 수 있게 빨리 준비를 마쳐야 했다.

손길은 바쁘게 움직이고 있었지만 일의 진전이 없었다. 다듬어 놓은 부추를 음식물 쓰레기통에 버린 후 한참 동안 찾다가 다시 모아 왔고 접시와 칼을 몇 번 부딪치다가 결국 접시 하나를 깨뜨리고 말았다. 생강의 굴곡진 부분을 깨끗이 씻고 가늘게 채쳐 접시에 담았다. 칼륨이 많이 함유된 부추는 그에게 금기 식품이다. 모든 채소는 칼륨을 빼내기 위해 살짝 데쳐 찬물에 담가 뒀다가 요리를 해야 한다. 데쳐서 물기를 제거한 부추를 고춧가루와 깨소금을 넣어 양념했다. 들깨 볶은 것, 차조기잎 다진 것을 넣어 양념을 만들고 고기가 익기를 기다렸다. 강풍에 심하게 몸을 떠는 창의 신음과 들통 안에서 고기가 익으며 끓는 소리가 서로 시합이라도 하듯 요란스러웠다. 고기를 건져 먹기 좋게 찢어 양념으로 간을 하기까지 평소보다 훨씬 많은 시간을 허비했다. 창문이 닫혀 실내에 감금된 역한 개고기 냄새 때문에 일을 하는 중간에 자주 쉬었기 때문이다.

"정원이, 네 개장국 끓이는 솜씨는 최고야. 아무리 맛있다는 영양탕 집에 가 봐도 이런 맛은 못 본다니까. 그런 솜씨를 숨겨 두고 왜 여태 한 번도 발휘를 안 한 거지?” 처음 개장국을 끓여 내놓자 그가 했던 말이다. 한 번도 해 보지 않았던 개고기 요리를 어떻게 할 수 있었는지 모르겠다. 다만 개고기 요리를 하면서 잊고 있었던 엄마를 잠깐 떠올렸을 뿐이다.

그가 개 한 마리를 고스란히 담은 자루를 메고 들어와 다용도실에 부려 놓던 날, 나는 그가 사람을 죽이고 시체를 메고 들어온 줄 알았다. 지금도 다용도실에서 피를 흘리며 널브러져 있던 개의 냄새가 나는 것 같다. 불안스레 오가는 나를 보던 그가 눈을 빛내며 말했다. “공중을 나는 새도 결핵에 걸리는데, 개는 결코 결핵에 걸리지 않는대. 그만큼 이게 좋다는 거 아니겠어?” 그날 주방과 다용도실을 바삐 오가며 개를 토막 내고 냉동실에 저장하는 그에게 느꼈던 감정은 무엇이었을까.

그는 비위가 약한 사람이었다. 육식을 그다지 즐기지 않을 뿐더러 개고기는 냄새도 맡지 못하던 사람이 개 한 마리를 통째로 메고 들어오다니…. 얼마 후 그는 개소주가 빈혈에 효력이 있다며 황구(黃狗) 한 마리와 밤, 대추, 생강, 들깨 등 여러 가지 약재를 배합해 중탕을 만들어 수시로 마셨다. 그의 식탐은 기아의 신 리모스가 허기의 씨앗이 잔뜩 든 숨결을 불어넣은 사람처럼 날이 갈수록 더해졌고 섹스에 탐닉했다. 얼굴이 땀범벅 되어 개장국을 먹고 난 후 설거지를 하고 있는 내 허리를 감아 안고 그가 내 목덜미에 입을 맞추면 두 팔에 잔털이 곤두서고 소름이 돋았다. 때로는 힘이 없고 시큰시큰 아프다며 수시로 자리를 펴고 누웠다가 집안일 하는 나를 호출해 베개를 밀어내고 내 다리를 끌어당겨 베고 눕기도 했다. 아무 때고 긁어 달라며 여드름 같은 종기가 전체적으로 숫구친 등을 내밀 때면 울컥증이 일어 화장실을 간다는 핑계로 자리를 피했다. 그럴 때마다 장미향을 팔목이 아프도록 뿌렸다. 투석을 위해 팔뚝에 시술한 카테터가 막혀 두 번이나 재시술을 받게 됐을 때는 내 가슴에 손을 집어넣으며 벌였던 실랑이 탓을 했다. 하루하루 변해 가는 그의 모습이 낯설었다.

강력한 대형 태풍이 다가오고 있었다. 산고를 치르는 산모를 대하듯 조심스럽던 마음이 지겨움을 지나 이제는 어서 태풍이 오기를 기다리는 마음으로 바뀌어 가고 있었다. 설렁설렁 읽는 신문 속 흑인 소녀는 어디선가 본 얼굴이었다. 소녀는 허리케인으로 인해 가족을 모두 잃었다. 물속에 잠긴 폐허의 도시에서 기둥에 몸을 의지한 채 무심하게 먼 곳을 응시하는 소녀의 흰자위 안에 박힌 검은 점을 보자 마르디그라 축제가 생각났다. 세계에서 10위 안에 드는 축제. 생명의 소중함을 일깨워 주기 위한 뉴올리언스의 마르디그라. 사순절을 기념해 2주 내내 벌어지는 축제를 소개하는 다큐멘터리 TV프로에서 풍성한 웨이브의 긴 머리를 휘날리며 허리에 순백의 숄을 두르고 현란하고 유혹적인 춤을 추었던 소녀는 신화 속 여신의 모습이었다. 모두들 춤의 여신으로 분한 소녀의 숄 사이로 설핏설핏 보이는 탄력 있게 올라붙은 힙과 적당히 풍만한 가슴, 잘록한 허리와 매끈하게 뻗은 다리 선에 도취되어 넋을 잃고 바라보았다. 춤이 끝난 후 유난히 희고 고른 치아를 드러내며 활짝 웃는 소녀의 흰자위에 박힌 검은 점이 인상적이었다. 축제로 온 거리가 술렁거리던 뉴올리언스는 허리케인이 할퀴고 간 상처로 폐허의 도시가 되었다.

바람에 부대껴 베란다 창문이 흔들리는 소리가 점점 더 커지고 있었다. 금세라도 바람의 신 아이올로스가 창문을 부수고 집 안으로 들어올 것 같았다. 창문을 걸어 잠그기 위해 베란다 쪽으로 걸어갔다. 창 쪽으로 다가가자 집 안의 공기와 다른 상쾌함이 느껴졌다. 창문을 조금 열었다. 열린 창틈으로 불길이 번지듯 바람이 몰려들어 왔다. 실내에 들어온 바람이 베란다 바닥에 놓여 있던 벼룩신문의 페이지를 펄럭 넘겼다. 푹신한 베이지색 소파 위에 놓여 있던 신화 책을 벼룩신문 위에 올려놓았다. 책이 누르고 있는 벼룩신문의 가장자리가 수선스럽게 펄럭거렸다. 3개월째 벼룩신문의 구인란을 뒤지고 있지만 내가 일할 만한 곳은 쉽게 눈에 띄지 않았다. 소파에 털썩 몸을 내려놓자 그 뒤에 세워져 있던 기타가 옆으로 쓰러질 듯 기울어졌다. 세고비아 클래식 기타는 먼지를 뽀얗게 뒤집어쓰고 있었다. 기타를 한동안 바라보던 나는 화장지와 마른걸레를 가져와 먼지를 닦아 냈다. 기타를 가슴에 안았다.

　잠깐 동안 기타를 배웠었다. 내가 기타 배우기를 그만둔 것은 그가 연주하는 알베니즈의 '전설'을 듣고 나서였다. 그의 희고 긴 손가락들이 오므려졌다가 새끼손가락부터 집게손가락까지 차례로 펼쳐지며 기타 현을 훑어 내리면 내 가슴에서는 모래알이 타닥거리며 타는 것 같았다. 쇼팽의 녹턴이 여러 개라는 것도 디어헌터의 주제곡이 카바티나라는 것도 그를 통해 알았다. 카바티나는 혼자 연주하기

보다는 둘이 연주할 때 아름답다며 내가 기타를 더 배웠으면 좋겠다고 말했다. 사랑의 상처를 안고 스페인의 그라나다를 여행하다 타레가가 만든 '알함브라 궁전의 추억'. 그가 연주하는 '알함브라 궁전의 추억'은 달빛 비치는 아름다운 궁전의 연못에 앉아 있는 듯한 착각에 빠지게 했다.

물의 온도는 36도에서 38도가 적당하다. 너무 뜨거운 물은 아로마오일을 증발시켜 효과를 떨어뜨린다. 욕조에 장미향의 오일을 다섯 방울 떨어뜨리고 우유 한 컵을 섞었다. 오일이 물에 잘 녹았다. 인간을 행복하게 만든다는 향, 아로마. 엄마도 붉은 호리병 속에 든 장미향을 맡을 때 행복해 보였다. 엄마는 그 향을 맡으며 퀴퀴하고 냄새나는 굴 속 같은 방에서 탈출하고 싶은 마음을 견뎌 냈을까.

엄마는 개장국을 잘 끓였다. 자리에 누워 있는 아버지의 건강을 되찾게 해 준다는 이유로 엄마는 개장국을 끓였지만 정작 아버지는 국물을 몇 번 떠먹을 뿐이었다. 내가 보기에 엄마가 개장국을 끓이는 진짜 이유는 황 아저씨 때문인 것 같았다. 병문안을 온 아저씨는 얼굴에 땀을 흘려 가며 개장국을 두 그릇씩 먹었다. 그 뒤부터 엄마는 아저씨가 올 때면 꼭 개장국을 끓였다. 황 아저씨는 아버지의 친구였다. 아저씨는 아버지의 오랜 투병 생활 동안 일주일에 한두 번 병문안을 왔었다. 그러나 아버지는 황 아저씨가 오는 것을 그다지 좋아하지 않는 눈치였다. 어떤 날은 아저씨가 찾아와 엄마와 이야기 나누는 소리가 들리면 자는 척하고 아저씨를 만나지 않았다. 아저씨는 아버지보다 엄마와 이야기하는 시간이 더 많았고 엄마가 없는 날은 아버지 얼굴을 잠깐 쳐다보고는 이내 가 버렸다.

아저씨는 올 때마다 항상 양손 가득 무엇을 사 들고 왔었는데 그것들 속에는 내 물건만이 아니라 엄마의 선물도 있다는 걸 나중에 알았다. 어느 날 아저씨가 사 온 해태종합선물 세트를 가지고 나가 아이들에게 자랑을 하고 돌아오는데 마당에서 아저씨와 엄마가 손을 맞잡고 있었다. 나를 본 아저씨와 엄마가 놀라 잡았던 손을 얼른 놓으면서 마당에 무엇인가를 툭 떨어뜨렸다. 나는 달려가 그것을 얼른 주웠다. 앙증맞은 붉은색 호리병 모양의 향수였다. 엄마는 황급하게 내 손에 있던 호리병을 낚아채듯 빼앗아 갔다. 얼마 후에 다시 찾아온 아저씨는 집으로 돌아가면서 엄마에게 하얀 봉투를 내밀었다. 아저씨가 주는 봉투를 받지 않으려 엄마는 몸을 피했다. 그러자 아저씨는 그것을 내 손에 쥐여 주고 갔다. 아저씨가 간 뒤에 봉투를 건네주자 엄마는 그걸 왜 받았냐며 방 빗자루로 내 엉덩이를 사정없이 때렸다. 그러나 나를 그렇게 때리던 엄마가 직접 그 봉투를 받기까지는 그리 오랜 시간이 걸리지 않았다.

욕조에 다리를 길게 뻗고 누워 눈을 감았다. 깊은 잠을 자 본지 오래됐다. 피부의 숨구멍이 이완되며 장미향이 스며드는 듯했다. 몸에 스며든 장미향은 내 몸 깊은 곳에 밴 역겨운 냄새를 모두 씻어내 줄 수 있을까. 장식장 옆에 걸려 있는 디지털시계로 눈이 갔다. 여덟 시 십오 분과 화요일이 찍힌 시계는 산고의 고통 없이 시간을 낳고 있었다.

지금쯤 그는 10센티미터 폭의 셀로판 튜브가 동그랗게 여러 번 감긴 투석기 앞에 누워 요독증을 일으키는 여러 가지 노폐물을 제거하고 깨끗이 세탁된 혈액을 공급받고 있을 것이다. 일주일에 한 번씩 노폐물이 쌓인 더러운 피를 깨끗한 혈액으로 바꾸고 돌아오는 그의 얼굴은 잠시 활기차 보였다. 그 순간만은 다시 셔츠에 우아한 향을 묻히고 들어올 수 있을 것 같았다. 그의 옷에 묻어 온 향은 여러 가지였다. 처음 향을 맡았을 때 그의 셔츠를 활활 타

116

는 용광로에 넣어 태워 버리고 싶었다. 그날 이후 그가 셔츠를 벗어 놓으면 습관처럼 냄새를 맡게 됐다. 진하지 않고 은은한 장미향의 여운은 오래 남았다. 어느 날부터인가 그의 셔츠에서 향이 나지 않았다. 나는 왠지 불안하고 모든 일에 실수가 많아졌다. 어쩌면 나는 그 향들에 중독되었는지도 모르겠다. 더 이상 그의 셔츠에서 장미향을 맡을 수 없게 되었을 즈음 그의 몸에서 독한 암모니아 냄새가 풍겼다.

그가 병원 침대에 누워 투석을 받는 동안 나는 베란다 소파에 앉아 신화 책을 읽었다. 책을 읽는 동안만은 마치 망각의 강 레테의 강물을 마신 듯 미궁에 빠진 것 같은 내 삶을 잠시나마 잊을 수 있었다. 내가 처음 신화 책을 읽기 시작한 건 고등학교 때였다. 교사 발령을 처음 받아 우리 학교에 왔던 음악 선생님이 수업 시간에 나를 지목해 노래를 시킨 후 그리스 로마 신화에 등장하는 여신을 닮았다고 말했기 때문이었다. 그날 나를 닮은 여신을 찾기 위해 신화 관련 책들을 밤 새워 읽었다. 학교를 졸업하고 한동안 잊었던 신화 책을 다시 읽게 된 건 언제부터였을까. 신화 속에서는 하루도 빠짐없이 축제가 열렸다. 땅, 바다, 지하

의 신이 하늘의 제우스 신전에 모두 모여 암브로시아를 먹
고 아름다운 청춘의 여신 헤베가 따르는 넥타를 마셨다.
축제의 자리에 아폴론은 수금으로 흥을 돋웠고 그 음률에
맞춰 기억의 여신 므네모쉬네가 낳은 아홉 뮤즈들은 히포
크레네의 샘물을 마시고 춤과 노래를 하였다. 영원히 죽지
않는 음식을 먹고 음료를 마신 신들이 사는 신화의 세계에
서 불가능이란 없어 보였다. 나는 신화 속 아름답고 슬픈
사랑 이야기를 읽으며 여신이 되어 큐피트의 화살을 맞은
그와 사랑을 나누었다.

저승으로 간 사랑하는 아내를 찾아다니는 오르페우스의
노래와 수금 소리가 어디에선가 들려오는 듯했다. 아리아
드네가 건네 준 실타래로 한 번 들어가면 아무도 나올 수
없는 미궁에서 테세우스가 탈출했듯 신화를 읽는 동안은
반수반인(半獸半人)의 괴물 미노타우로스가 지키고 있는
미궁에서 탈출한 것 같은 자유로움을 느꼈다.

언제부터인지 나는 깊은 잠을 이룰 수 없었다. 집 안을
가득 채운 불쾌한 공기는 편안한 수면까지 방해했다. 한
밤중 곁에서 잠든 그가 내뱉는 거친 숨결에 묻어 나오는
냄새를 참지 못하고 방을 나왔다. 식탁 위에 그가 먹고 방

치한 식기들이 보였다. 세 끼 식사를 마치고 또다시 언제 먹었는지 알 수 없는 그릇들로 식탁은 항상 깨끗할 새가 없었다. 그의 식사 시간과 횟수는 정해져 있지 않았다. 개장국 국물을 담았던 대접과 몇 개 남은 밥알이 엉겨붙은 밥공기, 뚜껑이 덮이지 않은 반찬통의 냄새가 잠식한 주방 공기를 외면하고 거실에 장미향의 초를 밝혔다. 베란다 소파에 앉아 창을 열었다. 바람이 향초가 내뿜는 장미향을 실어다 내 곁에 차곡차곡 부려 놓았다. 바람을 맞으며 나는 비로소 잠시나마 잠에 빠져들 수 있었다. 깜빡 잠이 들었다 깨면 그뿐…. 내게 편안한 수면은 요원한 일처럼 느껴졌다. 늦은 밤이나 새벽녘, 소파에 앉아 까무러치듯 잠이 들 때면 깊고 아득한 미궁으로 떨어지고 있는 느낌이었다.

건강할 때 그는 베란다 소파에 앉아 아침에는 신문을 펼쳐 놓고 커피를 마셨고 저녁에는 덤벨운동을 하고 러닝머신에 올라 땀을 흘렸다. 항상 자리에 누워 있던 아버지와 달리 건강한 그의 모습이 보기 좋았다. 키 큰 벤자민과 페페, 로즈마리, 산세베리아, 아이비 등의 화분이 즐비했던 베란다가 지금은 잎이 마른 화분이 한쪽으로 모아져 방치되어 있고 구인 광고란을 보기 위해 일주일에 한 번씩 가져오는 벼룩신문이 쌓여 있는 황폐한 장소가 되었다. 나는 베란다 소파에서 바람을 맞으며 무릎에 얼굴을 묻고 신비로움과 전율을 안겨 주던 그의 연주 '전설'을 떠올리곤 했다.

젊은 나이에 사업을 시작해 누구보다 의욕적으로 일했던 그는 신부전 진단을 받고 나서 사무실 문을 닫았다. 몸이 피곤하다며 관리를 제대로 못 하는 사이, 하나둘 거래처와의 계약이 결렬되고 건성건성 일하는 직원들의 모습도 보기 싫다며 사업장을 정리했다. 의사는 되도록 사회생활을 하고 운동도 하라고 권했지만 그는 몸에 좋다고 소문난 음식과 대체의학에 매달렸다. 칼륨 억제제와 혈압 강하제를 비롯해 빈혈 치료제 조혈제 주사로 약상자가 넘쳐 나고 있었지만 몸에 좋다는 약에 연연했다. 쑥뜸을 뜨고 벌침도 맞았다. 어디서 들었는지 양수, 모유와 더불어 오줌이 3대 영양소라며 친구의 세 살배기 아들 오줌을 매일 아침 받아다 마시기도 했다. 그의 약에 대한 집착은 콩팥이 망가진 자신의 소변을 받아 마시지 않는 것이 이상할 정도였다. 언젠가는 기력이 떨어져 힘들다며 산삼농축액 주사를 맞아야겠다고 했다. 산삼농축액 주사를 맞은 어떤 사람은 실신을 했는데 깨어난 뒤에는 검은 얼굴이 맑아지고 혈색이 돌아왔다는 것이다. 그 주사를 맞았는지 안 맞았는지 물어보지 않아 모른다. 아픈 사람의 마음을 다치게 할까 두려워 처음에는 조심스럽게 의사의 말만 잘 따르면 되지 않겠냐고 말했지만 버럭 화를 내는 그에게 그 후론 아무런 말도 하지 않았다.

아버지도 그처럼 몸에 좋다는 음식과 약을 먹었다면 오래 살 수 있었을까. 내 기억 속의 아버지는 항상 누워 있었다. 어린 나는 누워 있는 아버지 옆에 앉아 스케치북에 그림을 그렸다. 잠깐 물을 마시기 위해 아버지가 일어나 내가 그린 그림을 보고는 힘없이 웃었다. 나는 누워 있는 모습보다 잠깐이라도 일어나 나를 쳐다볼 때의 아버지 모습이 좋아 그림을 그리고 또 그렸다. 오랫동안 어두컴컴한 방 안에 앉아 아버지가 일어나기를 기다리는 시간은 지루했다. 지친 나는 아버지 어깨를 가만히 흔들었다. 천천히 눈을 뜬 아버지가 내 손을 잡고 재미있는 이야기 해 줄까? 하고 말하면 나는 얼른 곁에 누웠다.

옛날옛날에 우리 정원이처럼 아주 예쁜 공주가 살았단
다. 그런데 그 공주는 너무 예뻐 마녀의 마술에 걸리고 말
았지…

자분자분한 아버지의 이야기를 듣다 보면 나는 어느새
곤한 잠에 빠져들곤 했다. 가끔 화장실을 가기 위해 잠에
서 깼는데 그때마다 천장을 보고 누운 아버지의 눈에서 눈
물이 흐르는 것을 보았다. 그 모습을 보면 나도 모르게 눈
물이 주르르 흘렀다. 다시 자리에 눕는 내 손을 아버지가
꼭 움켜쥐었다. 엄마는 아침에 밥과 반찬을 만들어 놓고
나가며 내게 말했다. "밖에 나가서 친구들하고 놀아. 햇빛
을 못 봐서 얼굴에 하얗게 버짐이 피잖니." 하지만 나는 친
구들과 노는 것보다 아버지의 팔을 베고 누워 이야기 듣는
것이 더 좋았다.

창밖이 한층 더 어두워졌다. 베란다 창을 열자, 마치 기
다리고 있었다는 듯 바람이 몰려들어 왔다. 소파에 앉아
한동안 바람을 맞았다. 올려다본 하늘에 검은 구름이 사방
에 드리워져 있었다. 마치 만삭의 배를 움켜쥔 산모처럼
무겁게 품고 있는 비를 구름이 금세라도 쏟아낼 것 같았

다. 그가 현관문의 번호키를 누르는 소리가 들렸다. 그는
어렸을 때 아무도 없는 집이 싫었다며 내가 문을 열고 맞
아 주는 것을 아주 좋아했다. 그러나 언제부터인가 그는
벨을 누르지 않았다. 문을 열고 들어온 그의 얼굴이 다른
때와는 달리 어두웠다. 그가 약이 든 쇼핑백을 식탁에 올
려놓고 안방으로 들어갔다. 나는 잠시 멍하니 서 있다 약
을 종류별로 정리해 각각의 바구니에 담고 안방 문을 열었
다. 벽에 기대어 앉은 그의 눈동자가 초점을 잃고 허공을
응시하고 있었다. 나는 잠시 자리를 잡지 못하고 서성이다
의자에 앉아 화장대 거울을 통해 그를 바라봤다. 나와 그
사이에 한동안 침묵이 흘렀다. 톡, 톡, 화장대 위를 치는 내
손톱 소리만 방 안의 정적을 깨고 있었다.

"검사 결과가 별로 안 좋아."

메마른 그의 목소리…. 한 달마다 나오는 병원 검사 결
과에 따라 그의 기분은 천당과 지옥을 오갔다. 결과가 안
좋을 때의 그의 모습은 마치 태양신 주변을 밀랍으로 붙인
날개를 달고 날아다니다 죽음을 향해 끝없이 추락하는 이
카로스처럼 보였다.

"많이 안 좋아?"

내 물음에 그는 아무 대꾸가 없었다. 나는 더 이상 아무 말도 하지 못하고 하릴없이 화장대 위에 손으로 낙서를 하다가 서랍을 열었다. 다리미로 다린 것처럼 각지게 접은 부적이 보였다.

그의 베개에서 부적을 본 건 얼마 전이었다. 세탁을 하기 위해 베갯잇을 뜯었는데 오래된 속커버가 얼룩져 있었다. 지퍼를 열고 더러워진 속커버를 벗겨 냈다. 그 안에서 녹두로 속을 넣은 베개와 함께 작게 접은 종이가 나왔다. 붉은색으로 알 수 없는 문양이 그려진 부적이었다. 아라베스크의 기하학적인 무늬나 한자의 옛 글자를 늘여 놓은 것 같은 그림은 마치 미로 같았다. 점을 보러 다니거나 무당을 찾는 사람들에 대한 그의 생각을 알고 있었기에 나는 망치로 머리를 맞은 것처럼 멍해졌다. 할 수만 있다면 어떤 독한 병도 치료할 수 있는 오이노네의 약초를 훔쳐다 그의 마음에 붙여 주고 싶었다.

식당 일을 마치고 들어온 엄마가 작은 창문과 방문을 활짝 열어젖혔다. 그러고는 모래가 담긴 옴폭한 그릇에 향을 피워 놓았다. 향냄새가 방 안에 퍼지면 아버지는 벽을 보고 돌아누웠다. 낮 시간 동안 고여 있던 방 안의 냄새를 못

견뎌 했던 엄마는 거의 매일 밤 달빛 내리는 마당 평상에
앉아 호리병 속의 붉은 장미향을 맡았다. 그럴 때의 엄마
얼굴은 행복해 보였다. 아버지의 화난 모습을 딱 한 번 보
았는데 그날은 아버지가 죽기 하루 전이었다. 항상 그렇듯
이 그날도 집에 돌아온 엄마가 향을 피우자 누워 있던 아
버지가 벌떡 일어나 향이 담긴 그릇을 내던지며 고함을 질
렀다.

"빨리 죽으라고 고사 지내냐 엉? 한 번만 더 저런 거 피
웠다간 알아서 해."

처음 보는 아버지 모습에 엄마도 나도 놀랐다. 다음날
아버지는 눈을 뜬 채 죽었다. 엄마는 내 손을 아버지의 눈
위에 덮은 후 쓸어내려 감겼다. 나는 이제 다시는 아버지
의 이야기를 들을 수 없다는 걸 알고 있었지만 울지 않았
다. 더 이상 향냄새를 맡지 않아도 될 아버지가 왠지 편안
할 것 같았기 때문이었다. 아버지의 말대로 엄마는 아버지
제사 때에도 향을 피우지 않았다. 아버지의 제삿날과 내
생일은 같은 날이다. 원래 제사는 망자가 죽기 하루 전날
로 지내지만 나는 아버지가 죽은 그날을 기제사로 기억한
다. 내 생일에 아버지가 죽은 걸 보면 죽어서도 내가 잊지

않고 아버지를 기억하길 바랐나 보다.

열한 살 내 생일이 일주일 지난 어느 날, 다른 날보다 일찍 일어난 엄마는 개고기 끓이는데 정성을 쏟았다. 나는 며칠 전 아버지 제사에 오지 않은 황 아저씨가 올 것이라는 걸 짐작했다. 첫 제사에 참석했던 아버지의 친구들이 제사가 거듭되면서 하나둘 줄어들고 아무도 찾아오지 않을 때도 황 아저씨는 일가친척 없는 아버지의 제사에 특별한 일이 없으면 빠지지 않고 참석해 주었다.

나는 냄새 때문에 집에 있기 싫어 2월의 추운 날에도 불구하고 내가 다니는 학교 운동장에 가서 그네와 미끄럼틀을 타고 놀았다. 해질 무렵 황 아저씨가 집으로 찾아왔다. 아저씨가 사 온 물건들 안에는 빨간색 공주 가방과 크레파스, 스케치북, 그리고 제일 갖고 싶었던 자석필통과 문방용품 세트가 들어 있었다. 나는 아저씨의 선물을 보며 금발 인형을 가지고 뽐내던 선미를 떠올렸다. 아빠가 택시기사였던 선미는 가족과 여행도 많이 다녔고 소꿉놀이도 다양하게 가지고 있었다. 그 정도 선물이면 동네 애들과 놀 때도 자기가 지목한 몇몇 아이만 소꿉놀이를 만지게 했던 선미의 코를 납작하게 해 줄 수 있을 것 같았다. 그러나

아버지의 얼굴을 그렸던 스케치북과 크레파스는 이제 더
이상 내게 필요하지 않았다. 그날 아저씨가 사 준 물건을
선미와 애들에게 하나씩 나눠 주었다.

　아저씨가 돌아갈 때까지 기다리느라 밤이 이슥해서야
집으로 돌아갔다. 부엌문을 열고 들어갔는데 방에서는 아
무 소리도 들리지 않았다. 살그머니 다가가 창호지 발라진
방문 사이에 끼워진 유리로 안방의 동정을 살폈다. 아무도
없었다. 나는 방으로 들어가 다리를 길게 뻗고 앉아 엄마
를 기다리다 윗목에 놓인 아버지 사진을 보았다. 무릎걸음
으로 걸어가 그것을 집었다. 액자 속의 아버지 얼굴을 쓰
다듬었다. 유리에 닿는 차가운 느낌이 싫어 액자에서 아버
지 사진을 꺼냈다. 아버지가 훨씬 정감있게 느껴졌다. 아
버지를 가슴에 안았다. 사진을 빼낸 액자가 발에 걸려 치
우려다 엄마의 손수건을 보았다. 그것을 집어 올리자 안에
서 무언가 툭 떨어져 방바닥을 빙그르르 돌았다. 호리병
향수였다. 엄마가 항상 어디에 감춰 두는지 평소에 볼 기
회가 없었던 나는 그것을 얼른 집어 들고 가만히 뚜껑을
열었다. 요술처럼, 작은 병 속에서 지금까지 한 번도 맡아
보지 못했던 묘한 향이 흘러나왔다. 마음이 편안해지며 눈

이 저절로 감겼다.

　나는 향수병을 코에 가까이 대고 엄마가 그랬던 것처럼 고개를 약간 옆으로 잘래잘래 흔들며 행복한 표정을 지었다. 달빛을 받으며 향을 흡입하고 있던 엄마를 생각하고 있을 때 방문이 드르륵 열렸다. 방으로 들어온 엄마 얼굴과 마주치자 나는 너무 놀라 향수병을 툭 떨어뜨리고 말았다. 아버지 사진 위로 떨어진 향수병에서 향수가 흘러나오자 엄마가 급히 병을 잡았지만 이미 거의 쏟아져 버린 상태였다. 얼굴이 일그러진 엄마가 "이를 어쩌니 응, 어째… 이걸 어떡하니"를 연발하며 내 등과 팔을 계속해서 때렸다. 나는 등과 팔이 아파 울고 싶었지만 향수로 얼룩진 아버지 얼굴을 쳐다보며 꾹 참았다. 그날 밤 잠든 척 누워 있는 내 얼굴에 볼을 대고 비비며 낮은 소리로 서럽게 우는 엄마의 숨결이 느껴졌다.

　베란다 창으로 앞산이 보였다. 산의 머리 위에 널린 하늘은 농도 짙은 먹빛 구름을 앞으로 밀어내고 있었다. 마치 누군가 하늘 끝자락을 붙잡고 살살 당기는 것 같았다. 구름이 하늘을 타고 천천히 내게 다가오고 있었다. 아파트 앞 화단에 서 있는 나무 위에 분홍색 아기 원피스가 떨어저 있는 것이 보였다. 강풍에 몸을 지탱하지 못하는 나뭇가지들이 부산스럽게 흔들리는 바람에 아기 옷이 떨어질 듯 위험스럽게 가지 끝에 걸려 있었다. 일요일이면 아빠의 목마를 타고 놀이공원으로 놀러 가던 단란한 어느 집 베란다에 있던 아기 옷이 바람에 날려 떨어졌을 것이다. 결혼 생활 7년째. 몸에 아무 이상이 없다는 그와 나에겐 아이가 생기지 않았다. 우리에게도 목마를 태우고 놀이공원에 데려갈 아이가 있었다면 흐르지 않고 고여 있는 물 같은 사이가 조금은 달라졌을까.

평소에는 아이들이 아파트 앞 공터에 나와 노느라 왁자한데 저녁 외출을 삼가라는 뉴스가 아침부터 계속된 탓인지 어두워지기 시작한 아파트 주위는 조용했다. 세력을 불려 하늘 전체를 뒤덮고 진군해 오는 구름에 쫓긴 바람만이 창에 매달려 위잉위잉 괴기스런 신음을 토하고 있었다. 창밖을 바라보고 있는 내 등 뒤로 언제 왔는지 그가 다가와 어깨를 감싸 안았다. 나는 몸을 틀어 자세를 바꾸고 창밖만 쳐다봤다. 누구 기다리는 사람 같네, 그가 말했다. 나는 아무런 대꾸 없이 베란다 창문을 걸어 잠근 후 거실로 자리를 옮겼다. 잠시 베란다 창을 통해 밖을 바라보던 그가 거실로 따라나와 다시 물었다.

"누구 기다리냐고?"

나는 들통이 올려져 있는 가스레인지의 버튼을 눌러 불을 끄고 그가 서 있는 쪽으로 고개를 돌린 후 말했다.

"태풍… 태풍, 기다려."

피식 웃던 그가 어이없다는 듯이 나를 힐끗 쳐다보고는 다시 내 팔을 잡아당겨 끌어안으려 했다. 그에게서 독한 암모니아 냄새가 풍겼다. 나는 뒤로 한 발짝 물러나며 베란다 창문 쪽으로 고개를 돌렸다.

TV 속 뉴스 앵커는 태풍 피해 상황을 계속 보도하고 있었다. 이미 오래전에 침수된 잠수대교와 물에 잠겨 지붕만 보이는 저지대 지역의 모습은 매번 시작되는 뉴스의 메인 화면이었다. 산속에 고립된 사람들과 급물살에 떠내려가는 가축, 수확을 앞두고 몰아치는 비바람에 떨어져 버린 과수원의 과일들, 고속도로 낙석에 깔린 자동차와 그 안에서 숨진 일가족 등 모두들 태풍의 품 안에서 허우적거리고 있었다. 텔레비전에서 눈을 떼지 않고 있는 그가 태풍이 휘몰아치고 있는 TV 속으로 빨려 들어갈 것 같다. 개고기 냄새와 아로마오일이 공중에서 부딪쳐 상처를 입고 잘게

부서져 사라져 가듯 그와 나 또한 미궁 같은 집에 갇혀서 삶의 균열들을 만들고 있었다.

베란다 창을 때리는 거센 비바람을 바라보았다. 유리에 부딪히는 굵은 빗줄기가 마치 내 몸을 때리는 것 같았다. 그의 기타를 가슴에 안았다. 아르페지오와 라스게아도 주법의 화려한 손놀림으로 그의 '전설' 기타 연주를 듣고 싶었다. 오르페우스가 사랑하는 아내 에우리디케를 저승에서 데려오기 위해 아름다운 선율로 수금을 연주했듯 그가 기타를 안고 알베니즈의 '전설'을 연주한다면 나도 이 미궁에서 나갈 수 있을 것 같았다.

아이스크림 이름처럼 친숙한 허리케인은 수천 명의 인명을 앗아갔다. 허리케인이 몰고 다니는 구름이 보듬고 있는 물의 무게는 지구상에 살고 있는 코끼리 전체 무게보다 무겁다고 하던가. 버거운 무게를 감당하지 못한 태풍이 몸부림칠 때 공포에 떠는 인간들은 섹스에 몰입한다고 한다. 따뜻한 체온을 느끼며 공포에서 벗어나고 싶은 심리이리라. 그도 자신에게 갑자기 찾아든 병마에 공포를 느끼고 벗어나기 위한 몸부림으로 그런 낯선 집착 행동을 보이고 있는 것일까?

태풍의 몸부림이 잦아 든 자리에 무지개가 뜰 것이다.
행과 불행이 공존하는 삶의 길 위에 한층 거세진 비바람이
몰아치고 있었다. 폐허를 딛고 뉴올리언스 마르디그라 축
제가 다시 열리면 흰자위에 검은 점이 박힌 소녀는 황홀하
고 현란한 춤을 다시 출 것이다. 그때쯤 그를 이해할 수 있
을지도 모르겠다는 나의 읊조림을 무지개를 잉태한 비바
람이 자꾸 삼켰다.

정오의 붉은 꽃

짐작은 했다. 아무리 캡틴이라 해도 오늘 일정은 무리였다. 내 실수다. 맘은 이동 거리가 짧고 캡틴이라면 가능하니 걱정 붙들어 매라고 했다. 처음 있는 일도 아니라면서. 캡틴의 나이는 아예 잊어버린 듯하다. 하기야 아직까진 캡틴만큼 돈을 벌어 주는 놈이 없으니 나이 따윈 생각하고 싶지도 않겠지. 내가 끝까지 맘의 부탁을 거절하지 않은 이유는 간단하다. 의뢰인의 집이 나의 집과 100미터도 되지 않은 가까운 곳에 있었기 때문이다. 왜성 아래 '별장 같은 집' 이란 맘의 말을 듣는 순간 나도 모르게 알았다는 대답이 흘러나왔다.

일이 쉽게 풀릴 것 같지 않다. "스으잔, 스으자안…" 여
자의 한껏 늘어진 목소리가 들린다. 잔디 위에 앞다리를
길게 뻗고 엎드려 있던 캡틴이 잠깐 고개 들어 여자를 바
라본다. 이름이 스잔이군. 스잔, 난 너를 사랑해, 스으잔 이
생명보다도 소중한 스으잔, 하는 노래가 있었지. 이웃집
형이 잘 부르던…. 스잔은 캡틴을 피해 어딘가로 몸을 숨
겼다. 스으자아안, 스으자안 하는 여자의 소리가 마치 노
래처럼 들린다.

여자는 맨발로 잔디 위를 걷고 있다. 정원 곳곳에 서 있
는 조각상을 지나면서 여자의 모습이 사라졌다 나타나기
를 반복한다. 마치 강물 위에 띄운 배를 타고 유유히 흘러
가는 여신처럼 느껴진다. 빨간색 페디큐어를 칠한 그녀의
발에 닿은 초록 풀잎이 스스스 몸을 떨며 싱싱하게 살아나
는 것 같다. 흘러가듯 걷던 여자가 정원의 커다란 나무 아
래서 걸음을 멈춘다. 허리 숙여 나무 뒤에 숨어 있던 스잔
을 안아 올린다. 사모예느 종이다. 아름다운 외모가 특징
인 종(種)답게 스잔 역시 예쁘고 우아한 자태를 갖췄다. 머
리에 분홍 리본을 달고 분홍색 신발을 신고 있다. 마치 귀
여운 인형을 보는 것 같다.

스잔을 처음 본 캡틴이 지친 몸으로 다가가 엉덩이를 핥으며 접근을 시도했다. 캡틴은 몇 번 엉덩이에 머리를 들이밀더니 스잔이 깡, 하면서 꼬리를 내리고 이를 드러내자 이내 포기해 버렸다. 암컷들은 하여간 까다롭다. 가끔 사람들이 내게 암수 중 어느 것이 애완견으로 좋은가 하고 묻는데 내 대답은 언제나 '수컷'이다. 감정이 모호하고 복잡한 암컷은 영 아니라고 생각한다. 언젠가 군견 조련사 친구에게 들었는데 수컷을 교육시키는 건 간단하다고 한다. 발정이 났을 때 자위를 시켜 주면 그다음부터는 죽을 때까지 충성을 다한다고 했다. 얼마나 명쾌한가. 분명 발정기인데도 이리저리 재고 빼고 하는 것을 보면 동물이나 사람이나 암컷들은 요망하고 복잡하다. 스잔처럼 말이다.

만날 때마다 마음과 다른 이야기를 하는 수경도 마찬가지다. 그녀를 이해할 수 없다. 누구보다도 그녀를 잘 알고 있다고 생각했는데 이제는 정말이지 모르겠다.

여자가 스잔을 안고 캡틴 가까이 가더니 팔에서 내려놓으려 한다. 스잔은 여자의 가슴 앞자락을 붙잡고 안 떨어지려고 발버둥친다. 자신의 블라우스에서 스잔의 앞발을 나뭇잎 떼어내듯 떨어뜨린 여자가 땅에 내려놓는다. 캡틴이 몸을 반쯤 일으킨 것과 불바람을 만난 듯 화들짝 놀라 나무를 향해 쫄랑쫄랑 스잔이 뛰어간 것은 거의 동시다.

이쯤 되면 내가 나서야 한다. 나는 최대한 개들을 배려하려고 노력한다. 되도록 둘이 알아서 하도록 말이다. 다른 일도 아니고 사랑(이것도 사랑의 행위라 할 수 있다면 말이다)하는 일에 제삼자가 끼어든다는 게 좀 그렇지 않은가. 하지만 언제까지나 탐색전을 하라고 내버려 둘 수도 없는 일이다. 기다릴 만큼 기다렸다. 비숑프리제나 말티즈, 요크셔테리어처럼 작은 종들은 달랑 안고 교배시키기에 좋지만 오늘처럼 몸집이 좀 있는 종들은 땀깨나 흘리게 된다. 며칠 전 교배 작업을 했던 꼬통드툴레아 종은 희귀종이지만 순해서 하루에 열 번이라도 괜찮을 것 같다. 하하하, 하기야 최종 작업은 내가 하는 게 아니니 그렇게까지 할 수 있는 견공이 있을지 모르겠지만 말이다.

나는 최대한 부드러운 목소리로 스잔을 부른다. 자기 이름을 들은 스잔이 호기심 많은 눈으로 나를 물끄러미 바라본다. 나는 여자에게 눈짓을 한다. 여자가 내 말을 금세 알아듣고 스잔을 손짓하며 부른다. 또랑또랑 걸어온 스잔이 여자 품에 안긴다. 품에 안은 스잔을 건네기 위해 여자가 내 곁으로 다가온다. 가까이 다가온 여자에게서 라일락향이 풍긴다. 순간 확, 하니 몸이 달아오른다. 내게 몸을 최대한 밀착시킨 여자가 스잔을 건네준다. 개를 받아 안던 내 손이 여자의 젖가슴을 스친다. 물컹하니 와 닿는 감촉에 오랫동안 잠들어 있던 몸의 예민한 감각이 오소소 몸을 떨며 되살아나는 것 같다.

이제부터 내 실력이 발휘되는 순간이다. 나는 캡틴 가까이 다가가 무릎을 바닥에 대고 자리를 잡는다. 이럴 때 최대의 관건은 암놈을 움직이지 못하게 하는 것이다. 한 손으로 스잔의 앞다리를 모아 잡고 허리를 누른다. 눈을 똑바로 쳐다보자 스잔이 슬며시 내 시선을 피한다. 엄지와 집게손가락으로 코를 세게 튕기자 스잔의 고개가 땅으로 꺼질듯이 숙여진다. 앞발을 누르자 스잔이 엉덩이를 들어올린다. 캡틴이 급히 스잔에게 다가서려 한다. 나는 큰소리로 "멈춰"라고 말한다. 개에게 사람의 큰소리는 위협적이다. 훈련이 잘 된 캡틴이 엉거주춤 두 발을 굽히며 앉는다. 내가 스잔의 다리 사이에 넣었던 손을 빼고 뒷다리를 들어 올릴 기미를 보이자 캡틴이 벌써 알아채고 몸을 반쯤 일으키고 있다.

내가 이 일을 시작한 건 팔 개월 전이다. 친구 집을 갔다가 골목을 빠져나오는데 정말 잘생긴 늑대개를 보았다. 시베리안 허스키 종이었다. 잘 빠진 몸과 얼굴에 넋을 잃고 보다가 녀석의 머리를 쓰다듬었다. 주인이 나타난 건 그때였다. 자기 아이를 예뻐하는 사람에겐 호의적으로 대하듯 대부분의 개주인도 마찬가지다. 자신의 개를 예뻐한다는 이유 하나만으로 나에 대한 경계를 풀고 비대한 몸의 여인이 말했다. "개를 좋아하나 보네?" 나는 개의 머리에서 어색하게 손을 떼며 "아, 네…" 하고 말했다.

"알래스카에서 수입해 온 귀한 년인데 새끼를 받으려고 해도 당최 맞는 놈이 없네. 무슨 수가 없을까?" 비대한 몸의 여자는 마치 나를 오래전부터 알고 있었다는 듯 말했다. "아, 예… 그 글쎄요." 내 말에 여자가 대뜸 함 알아봐 주, 일만 성사되면 수고비는 넉넉하게 생각해 줄 테니, 라고 말했다. 곧이어 여자가 일이 잘 진행되면 찾아오라며 손가락으로 자신의 집을 가리켰다. 두 팔을 뻗어도 잡히지 않을 둘레의 나무가 몇 그루나 있는 담이 높은 집이었다.

'신랑을 찾는다'는 광고를 인터넷에 올린 지 이틀 만에 연락이 왔다. 애완견 사업을 하는 '맘'이라는 여자였다.

신부인 시베리안 허스키 종의 외모와 주인에 대한 이야기를 듣더니 단번에 연결해 달라고 했다. 교배비의 30%를 주겠다면서. 그때까지 교배비와 그런 종류의 일을 몰랐던 내가 대답을 안 하고 주춤거리자 교배에 성공하면 큰 일자리를 주겠다고 또 다른 미끼를 던졌다. 일자리도 일자리였지만 큰돈을 벌 수 있다는 말에 선뜻 일을 시작했다. 처음 시작은 그렇게 간단했다. 그 뒤 나는 견주(犬主)인 맘의 지시에 따라 개 보는 법, 훈련시키는 법 등 개에 관련된 사항을 속전속결로 배웠다. '개 교배 전문가'라는 직업이 있는지 모르겠다. 있든 없든 그렇게 해서 나는 개 교배 전문가가 되었다.

첫 번째 삽입이 실패하고 나자 내 이마에서 땀이 비 오듯 흐른다. 내 팔에 안긴 스잔이 낑낑거리며 캡틴을 향해 이를 드러낸다. 나는 얼른 스잔의 몸을 바깥쪽으로 돌린다. 비싼 값의 캡틴 몸에 상처라도 나는 날에는 그동안 모은 돈이 다 날아갈지도 모른다. 앙칼진 암컷에게 너무 신사적으로 대했다. 구겨진 체면도 체면이지만 삽입에 실패하면서 캡틴이 내 팔에 묻혀 놓은 정액이 영 찜찜하다. 나는 삽입을 용이하게 하기 위해 꼈던 오른손의 비닐장갑을 벗어 버린다. 자칫 예민해진 암컷에게 물릴 수 있기 때문에 왼손에 낀 장갑은 그대로 둔 채.

여자가 눈물을 흘리며 쳐다보고 있다. '일이 진행되면 곧 자리를 피하겠지' 했던 내 생각은 여지없이 빗나갔다. 여자는 도통 움직일 기미가 없다. 나는 이 상황이 어색해 출혈이 있고 며칠이 지났죠, 라고 묻는다. 여자가 잠시 생각에 잠기는 듯하더니 15일에 했으니까 오늘이 12일째예요, 한다. 나는 여자가 자신의 생리일을 말하는 것 같아 좀 무안해진다. 12일째라면 가임기로는 최고의 날짜다. 헌데 스잔은 도대체 왜 이러는 건가. '날짜 간택은 최상이구만…' 나는 스잔의 뒷다리를 더욱 힘주어 잡는다.

"어머, 어떡해 어떡해" 하면서 여자는 계속 스잔을 보고 있다. 아니 저 여자는 나를 쳐다보는 것 같다. 처음엔 다 그렇습니다, 내 말에 여자가 네, 뭐라고요? 하며 놀란 건지 웃는 건지 우는 건지 알 수 없는 얼굴로 나를 바라본다. 자신의 애완견이 안쓰러워 울기까지 하면서 끝까지 자리를 지키는 심사는 뭔가. 마치 내가 여자를 강간하는 듯한 기분이 든다.

갑자기 허기가 몰아친다. 그러고 보니 점심을 먹지 않았다. 새벽부터 서둘러 나오느라 인절미 몇 개와 우유로 아침식사를 대신하고 점심을 걸렀다. 오늘 일정인 장유와 창원을 거쳐 이곳 기장까지 도느라 캡틴도 지쳤지만 나도 지쳤다. 다행히 장유와 창원에서의 교배 작업은 내가 손을 쓰지 않아도 이산가족이 만난 것처럼 얼싸안고 뒹굴며 자기들끼리 알아서 잘 이뤄졌다. 어쩐지 일이 잘 풀린다 했더니….

　나는 늘어져 누워 있는 캡틴을 끌어안고 차가 세워진 쪽으로 간다. 푹신한 돗자리를 깔고 그 위에 이부자리를 겹친다. 마련된 자리에 캡틴을 내려놓자 죽은 듯이 꼼짝을 안 한다. 맘이 챙겨 준 보온병 중에 파란색을 열어 뜨거운 물을 사발면에 붓고 곁에 떨어진 신문지를 주워 그 위에 올린다. 맘은 오더를 받고 일을 시작하러 가는 내게 항상 보온병 세 개를 건넨다. 하나는 사발면을 먹기 위한 뜨거운 물이 들어 있고 두 개의 보온병에는 캡틴을 위한 잘 달여진 곰국이 들어 있다. 남편과 헤어진 이유를 맘은 입 밖에 내지 않았지만 짐작컨대 개만도 못한 대접을 받던 그녀의 남편이 자신의 처지가 더 이상 초라해지지 않기 위해 떠났을 것이다. 캡틴을 챙기는 맘의 정성은 아무도 못 말린다고 이 바닥에선 소문이 났다. 하기야 경연대회에 나가 챔피언이 된 개를 어디서고 쉽게 만날 수 있는 건 아니다. 캡틴은 개 경연대회에서 챔피언으로 뽑힌 화려한 이력을 가지고 있다. 그릇에 따른 곰국을 신문지로 부쳐 식힌다. 담배 연기와 섞인 곰국의 김이 하늘로 흩어져 날아간다.

어느 정도 식은 곰국을 내밀자 캡틴이 허겁지겁 핥아먹기 시작한다. 아침부터 기운을 소진한 데다 식사 시간을 훨씬 넘긴 탓에 배가 고팠던 모양이다. 서너 번 젓가락질로 면은 사라지고 국물만 남은 사발면을 마시던 내 입에서 이런 젠장, 하는 소리가 흘러나온다. '개만도 못한' 이란 말은 이럴 때 쓰는 말 아닌가. 진 빼기는 개나 나나 마찬가진데 누구는 곰국이고 누구는 사발면 국물이라니…. 나는 멀리 사발면 통을 던져 버린다. 캡틴의 쩝쩝거리는 소리가 더욱 크게 들린다.

여자가 잔디밭 평상 위에 차려 놓은 밥상은 소담하면서도 정갈해 보인다.

"같이 먹어요."

머뭇거리며 자리를 잡지 못하는 나를 향해 여자가 웃으며 말한다. '같이 먹어요.' 여자가 한 말을 속으로 읊조려 본다. 어린 수경은 항상 꼬막손으로 점심 밥상을 차려 놓고 엄마가 없는 나를 불러 ‘같이 먹자’ 하고 말했다. 밥상 앞에 둘이 앉아 밥을 먹으면 꼭 그녀가 내 각시처럼 느껴졌다. 그때부터 나는 수경이 행복해지는 일이라면 무슨 일이든지 다 하겠다고 결심했다.

“참 멋지지 않아요?”

조용하고 어색한 공간에 끼어드는 여자의 말소리가 반갑다.

“…”

나는 여자의 시선을 따라 낮은 언덕 위에서 죽성항을 내려다보고 서 있는 해송을 바라본다. 멀리서 보면 한 그루처럼 보이지만 실은 몇 그루가 모여 있는 나무다. 수령이 수백 년이나 되었다는 해송은 둥치 하나하나가 어른이 감싸 안아도 남을 만큼 거대하다. 세월의 무게 때문인지 사방으로 뻗친 가지들이 땅에 붙을 듯이 축축 늘어져 있다. 어느 가지는 더 처지지 못하게 장대를 받쳐 놓기도 했다. 나이가 오래되고 수형이 아름다워 인근에선 꽤 유명한 해송을 사람들은 마을의 수호신처럼 여긴다.

“저 나무에 얽힌 전설을 아세요?”

나는 여자를 돌아보며 묻는다. 여자가 눈길을 정면으로 받으며 가만히 고개를 가로젓는다.

마을에 전해 오는 전설에 의하면 임진란 때 이곳 죽성에 살던 젊은 도공이 일본으로 끌려갔단다. 그 도공에겐 사랑하는 연인이 있었는데 도공이 끌려간 이후 그녀는 하루도 빠짐없이 언덕에 올라 바다를 바라보며 도공이 돌아오기를 기원했다. 그러나 몇 년이 지나도 도공은 돌아오지 않았고, 절망에 빠진 여인은 어느 달 밝은 밤에 바다에 몸을 던지고 말았다. 마을 사람들이 여자를 언덕에 묻어 주자 그 무덤에서 소나무 몇 그루가 자라났고 그 나무가 오늘날의 해송이 되었다는 것이다.

"호오, 그런 사연이 있었군요."

내가 설명을 마치자 여자는 전설을 실제 있었던 일로 알아들은 듯이 감탄을 연발했다.

"…근데 나무들이 사당을 품고 있잖아요. 그 사당 문에 걸어 놓은 건 뭔가요?"

나무들이 둘러선 중앙에 조그만 사당이 있는데 흡사 나

무가 사당을 안고 있는 형상이다. 그 사당 문에 금줄이 걸려 있다. 금줄엔 남근 모양으로 빚은 도기들이 끼워져 있다. 여자는 아마 그걸 말하는 모양이다.

"…그게 뭐, 죽은 여인의 넋을 달래는 거랍니다. 도공의, 그러니까… 남근인 거죠…."

내가 말끝을 흐리자 여자가 내 눈을 피해 고개를 돌린다.

"마셔요."

갑자기 내 앞에 놓인 냉커피를 권하며 여자는 유리컵에 담긴 우유를 마신다. 식사 후 대부분의 사람들이 커피를 마시는데 우유를 마시는 여자가 독특해 보인다. 내 눈길을 의식한 여자가 잔을 내리고 싱긋 웃는다. 입가에 흰 우유가 묻어 있다. 내가 손으로 입술을 훔치는 시늉을 하자 여자가 혀로 자신의 입술을 핥아 닦아낸다. 그 모습이 마치 귀여운 아가처럼 보인다. 애기 같네요, 라고 말하자 그녀가 깔깔깔 소리 내어 웃는다. 그 소리를 듣자 수경의 웃음소리가 그리워진다. 여자를 따라 웃는 듯 키 큰 나무에 매달린 초록 잎사귀들이 바람에 흔들려 화라락거린다.

수경과 함께 자란 고향 마을은 죽성에서 멀지 않은 작은 바닷가 마을이었다. 지금은 횟집들로 들어차 흥청거리는 곳이 됐지만 예전엔 한적한 어촌에 불과했다. 그 마을엔 웬일인지 뽈똥 나무가 지천이었다. 뜰보리수 나무를 우리 동네에선 그렇게 불렀는데 집들의 울타리가 모두 뽈똥 나무로 이루어져 있었다. 여름의 초입에 이르면 빨갛게 익기 시작하는 뽈똥 열매를 수경은 무척이나 좋아했다. 시면서 달콤한 뽈똥의 맛은 내 유년시절의 기억 중에 가장 강하게 남아 있는 것이기도 하다.

아침마다 나는 수경의 집 문 앞에 서서 그녀를 기다렸다. 이윽고 학교 다녀오겠습니다, 하는 수경의 목소리가 들리면 천천히 걸음을 떼기 시작했다. 학교가 싫었지만 뽈똥 나무가 줄지어 선 길을 따라 걸어가는 그 시간만은 행복했다. 수경은 내 앞에서 붉은 뽈똥 열매를 닮은 머리 방울을 달랑거리며 걸어갔다. 수경의 뒷모습을 바라보며 그 길이 끝없이 이어졌으면 좋겠다고 생각했다. 교문이 보일 즈음 나는 수경의 손에 미리 준비한 비닐봉투에 하나 가득 딴 뽈똥 열매를 말없이 쥐여 주고 우리 반으로 걸어갔다. 그러면 고맙데이, 하는 수경의 목소리가 내 앞으로 콩콩콩 뛰어왔다. 내가 세상에서 가장 행복한 사람이 되는 순간이었다.

아버지가 택시 기사인 수경의 집은 항상 넉넉했다. 나는 수경이네 거실에 놓인 소파를 보고 세상에서 가장 돈을 많이 버는 직업은 택시 기사라고 생각했다. 군것질거리가 귀하던 어린 시절 다이제스티브나 고소미를 먹고 있던 수경은 나에게 항상 절반을 덜어 주었다. 나이 든 할머니와 단둘이 살던 가난한 내게 그녀처럼 친절한 사람은 없었다. 수경이네는 주말이면 눈부신 태양빛을 유리창에 매단 택시를 타고 어디론가 여행을 갔다. 그녀가 없는 동네는 무인도나 마찬가지였다. 그럴 때면 나는 사랑하는 도공 애인이 너무 그리워 바다에 몸을 던진 여자처럼 죽어 버리고 싶었다. 언제 또 오실 건가요, 여자의 목소리에 놀라 고개를 든다.

화요일 정오.

수경을 만나기로 한 시간이다. 안색이 검게 변해 가는 것 같다며 몹시 우울해하고 신경질을 잘 부리는 수경이 이때만큼은 밝게 웃는다. 가지런한 치아를 드러내고 활짝 웃는 그녀를 보면 나도 모르게 마음이 들뜬다. 그래서 병원을 다녀온 수경이 다소 마음이 편안해지는 화요일과 금요일 정오가 나는 좋다. 언제부턴가 따로 약속하지 않아도 우리가 만나는 시간으로 굳어진 때이기도 하다.

뽈똥 나무 곁에 서서 그녀가 열매를 따 먹고 있다. 나는 소리 없이 다가가 열매를 딴다. 손바닥에 금세 열매가 수북하니 쌓인다. 수경의 손바닥에 열매를 올려 주자 그녀가 함박웃음을 짓는다. 태양빛을 받아 환한 수경을 따라 나도 활짝 웃는다. 언제나 그녀의 이런 모습만 볼 수 있으면 좋겠다. 내가 돈을 모으는 이유는 수경의 병원비를 마련하기 위해서다. 수경은 우유나 물도 제대로 마시지 못하는 병에 걸렸다. 신장을 이식해야만 살 수 있는 병이다. 땡볕이 내리쬐는 이런 날 맘껏 물조차 마실 수 없는 그녀를 생각하면 내 가슴이 오그라드는 것 같다.

"아, 답답해."

큰길로 접어들자 수경이 뽈똥 열매 씨앗을 '후' 하고 뱉어 하늘로 날리며 말한다. '답답해'는 수경의 18번이다. 나는 못 들은 척 고개를 돌린다.

"이제 조금만 더 모으면 수술 받을 수 있을 거야."

내 말에 멈칫하던 수경이 갑자기 깔깔거리며 웃는다.

"어유 그러서, 그새 그렇게 돈을 많이 모으셨어?"

웃음 끝에 이어진 비아냥거리는 수경의 말. 불덩이를 뒤집어쓴 것처럼 내 얼굴이 달아오른다. 수경은 내가 이 일을 시작할 때부터 못마땅해했다. 나 역시 이 일이 마음에 들어서 하는 건 아니다. 그녀의 수술비만 채워지면 그만둘 생각이다. 나도 수경이처럼 가슴이 답답해진다.

"수술이 뭐 쉬운 줄 알아? 무엇보다 그런 일을 해서 번 돈으로 수술 받기 싫어."

그녀의 말을 듣는 순간 커다란 망치로 맞아 조각난 듯 가슴이 뻐근하게 아파온다. 가던 길을 멈춘 나는 그녀의 어깨를 난폭하게 움켜쥔다. 어깨의 통증과 태양빛 때문에 그녀의 얼굴이 몹시 일그러진다. "뭐라고? 그 말 다시 해 봐, 엉." 화가 나 소리치는 내 눈을 피하며 수경이 자신의 어깨를 움켜쥔 손을 떨쳐낸다. 이 일을 하는 동안 그녀와 만나면 항상 이런 식으로 다퉜다. 심하게 싸운 어느 날 급기야 수경은 나에게 헤어지자는 말까지 했다. 그녀 속내가 그렇지 않다는 걸 알고 있기에 나는 아무런 대꾸도 하지 않았지만 정말이지 피가 거꾸로 솟구치는 것 같았다.

나는 수경이처럼 끝내 해서는 안 되는, 마음에 없는 말을 하고 만다.

"죽든지 살든지 네 마음대로 해!"

수경이 먹다가 내던지고 간 열매가 으깨져 도로 위가 군데군데 붉게 물들었다. 마치 뽈똥 열매가 피를 흘리고 있는 것처럼 보인다.

"헤어지자, 제에발 우리."

씹던 껌 뱉듯 흘리고 간 그녀의 말이 귓가에서 윙윙거린다. 정오의 태양이 터질 듯한 가슴을 열고 열기를 내뿜고 있다.

내게 수경은 친절한 이웃이며 친구고 애인이었다. 그녀와 헤어져 살 수 있을까. 멀리 고개 들어 바라보는 하늘 아래 왜성의 석축이 눈에 들어온다. 일본식 성 축조 방법으로 쌓은 전형적인 성곽이다. 비스듬히 세워진 성벽이 낮은 담장 같다. 성의 정상에 세 그루의 소나무가 서 있다. 보기 좋게 삼각형을 이룬 소나무를 오래 바라본다. 옛날 일본으로 끌려가기 전 도공들이 잠시 머물렀다던 성. 사랑하는 이를 두고 떠나야 했던 그들은 아름다운 죽성항을 내려다보며 무슨 생각을 했을까. 잠 못 들고 나무 아래 기대앉아 깊은 생각에 잠겼을 도공의 모습이 먼 옛날 전설 속에 나오는 정경처럼 스쳐 지나간다.

이틀 만에 다시 찾은 나를 보며 생긋 웃는 여자가 친근

하게 느껴진다. 애완견의 확실한 임신을 위해서는 두 번이
나 세 번 정도 교배를 시킨다. 오늘이 세 번째다. 오늘은 웬
일인지 캡틴을 본 스잔이 코를 맞대고 냄새를 맡기 시작한
다. 캡틴이 스잔의 몸을 훑으며 엉덩이 쪽으로 다가간다.
꼬리를 올리고 캡틴의 뒤를 따라 도는 스잔. 며칠 전의 앙
칼진 모습은 찾아볼 수 없다. 여자가 기분이 좋은지 밝게
웃는다. 정원의 평상으로 나를 안내한 여자가 소꿉놀이처
럼 앙증맞고 작은 찻잔에 차를 따라 내민다. 찻잔을 들자
코끝에 와 닿는 향이 그윽하다. 마시고 난 빈 잔을 내려놓
자 여자가 다시 찻물을 채워 준다. 차를 따르는 여자의 손
이 투박하고 거칠어 보인다. 중지 끝마디에는 옹이까지 박
혀 있다. 빨간 페디큐어를 한 여자의 발을 보며 매니큐어
를 공들여 칠한 가느다란 손가락을 연상했던 나는 외모와
어울리지 않은 여자의 손이 어색하게 느껴진다. 내 시선이
그녀의 손을 따라다닌다.

　차로 데워진 몸이 편안해지는 것 같다. 수경에게 마음이
편해지는 이 차를 한 잔 나눠 주고 싶다. 그러면 건강하고
따뜻했던 예전의 그녀 모습으로 돌아올 것 같다. 건강해진
수경이 몰랑몰랑한 젖을 엄마처럼 내게 물리고 품에 안아

줄 것 같다. 수경은 몸이 아프고부터 나와의 섹스를 거부
했다. 몇 번이나 터져 버릴 것 같은 몸을 감당할 수 없어 수
경을 안았지만 그때마다 수경의 몸은 열쇠를 잃어버리고
굳게 닫힌 문처럼 열리지 않았다. 나는 그래도 괜찮다고
생각했다. 도공과 그의 연인처럼 평생을 서로 사랑하며 마
음에 담고 살 수 있을 거라 생각했다. 그런데 언젠가부터
그녀를 만날 때마다 왠지 모를 허전함이 느껴졌다.

여자는 오늘도 우유를 마시고 있다. 나는 여자가 임신을
했을지도 모른다는 엉뚱한 생각을 한다. 정원 쪽으로 고개
를 돌리자 캡틴과 스잔이 어울려 뒹굴고 있다. 둘은 같이
뛰다가 멈추기도 하고 서로의 꼬리를 보며 돌기도 한다.
동그란 초록 잔디 위에서 뛰놀고 있는 두 마리 하얀 개가
더없이 다정해 보인다.

나도 수경과 아이를 낳고 다정하게 살 수 있을까.

수경에게 불행이 찾아온 건 택시 기사였던 그녀의 아버
지가 교통사고로 죽은 후였다. 세상물정에 어둡고 생활력
이 없던 수경의 엄마가 보험금과 예금을 모두 털어 사채놀
이를 했는데 사기를 당했다. 수경이 변하기 시각한 건 그때
부터였다. 여유롭고 따뜻했던 유년의 모습을 잃어버리고

모든 일에 불만을 토로하는 수경이 점점 낯설게 느껴졌다.

스잔의 임신 여부는 언제쯤 알 수 있나요? 뛰놀고 있는 캡틴과 스잔을 바라보던 여자가 내게 묻는다. 여자가 입은 흰 치마와 푸릇푸릇한 싱그러운 잔디가 어우러져 여름 정원 분위기를 한껏 더하고 있다. 나는 3, 4주 후면 알 수 있다는 것과 임신 후의 변화, 응급상황에 대처하는 방법 등을 상세하게 알려준다. 내 말에 고개를 끄덕이며 듣던 여자가 "스잔이 아기를 많이많이 낳았으면 좋겠어요, 외롭지 않게"라고 말한다. 나는 '새끼'를 '아기'라고 표현하는 말을 들으며 새치름한 여자의 얼굴을 쳐다본다. 오똑한 콧날과 선이 분명한 붉은 입술. 알 수 없는 여자다.

이틀 전 두 번째 방문을 했을 때 여자의 얼굴은 왠지 상기돼 있었다. 그녀의 팔에 안긴 발정 직후의 스잔과 촉촉한 여자의 눈빛이 닮았다고 느껴졌다. 나는 그녀에게 스잔을 받아 캡틴과 조금 떨어진 위치에 내려놓았다. 첫 대면과 달리 약간의 경계심을 푼 스잔은 자신의 주위를 도는 캡틴을 물끄러미 쳐다봤다. 그들을 잠시 바라보던 나는 심한 요의를 느끼고 여자에게 양해를 구해 집 안으로 들어갔다. 현관문을 밀고 들어서자 알 수 없는 묘한 향이 풍겨 나왔다. 화장실로 가기 위해 거실을 가로질러 가는데 현관과 근접해 있는 방의 문이 빠끔하게 열려 있었다. 호기심이 일었다. 나는 그쪽으로 다가가 문을 조금 더 열어 보았다. 보통 안방의 세 배 정도는 됨직한 커다란 방이었다. 침실이나 방의 용도로 쓰이는 공간이 아니라 작업실로 보였다. 삼면으로 책상과 작업대로 보이는 탁자가 둘러 있었다. 그 위에 각종 조각도 비슷한 연장들이 널려 있었고 구석에 서 있는 크고 작은 여러 가지 조각상들은 하나같이 고개를 숙이고 있었다. 방바닥을 덮고 있는 나무 조각들을 밟으며 방 안을 둘러보던 내 시선이 책상 위 선반에서 멈췄다. 매끈하게 잘 깎인 여러 형태의 조각상들이 가지런히 진열되어 있었다. 조각도가 긁고 지나간 흔적이 겹치고 겹쳐 만들어진 작품들. 나는 그중 하나를 내려 살펴보았다. 조각된 나무 형상에서 집 안으로 들어섰을 때 맡았던 향기가 났다. 길고 매끈하게 뻗은 기둥 부분과 뭉툭한 윗부분으로 나뉜 조각품. 머리 부분의 가운데 두 줄 사이가 약간 벌어져 있는 그것은 흡사 버섯을 닮은 것 같기도 했다. 미완성인 남근목이었다.

　"여긴… 무슨 일로…."

여자였다. 나는 하마터면 남근목을 떨어뜨릴 뻔했다.

"아… 미안합니다. 문틈으로 보이는 조각상들이 멋져 보여서 나도 모르게 그만…." 나의 변명.

내 손 안에 놓여 있는 남근목을 바라보며 여자가 말했다.

"그때… 전설을 듣고 한번 만들어 봤어요."

여자의 얼굴 위로 남근 모형의 조각상이 겹친다. 나는 급히 여자에게서 시선을 거두고 새삼스럽게 이리저리 눈으로 집 안을 살핀다. 손질 잘 된 푸른 잔디, 여자의 손가락에 옹이를 남기며 세워진 여러 가지 조각상들. 그 속에 섞인 모던한 청동 조각상 몇 점, 아름드리나무들과 몇 그루의 과실수가 심어진 넓은 정원은 아무리 봐도 여자 혼자 살기엔 너무 넓고 고급스러워 보인다.

주로 바닷가 주변에 옹기종기 모여 사는 마을 위쪽에 별장 같은 집이 들어선 건 3년 전이다. 바다를 수평으로 바라보는 우리와 달리 한눈에 내려다볼 수 있는 이 집 여자를 사람들은 궁금해했다. 여자네는 우리 마을에서 대대로 제일가는 부자라고 소문난 집이었다. 바닷가를 끼고 있는 경치 좋은 우리 마을에 개발 바람이 불어 전원주택과 러브모텔이 우후죽순으로 들어설 때 그녀의 부모와 오빠는 가지고 있던 주택과 전답을 모두 정리해 마을을 떠났다. 그 후 얼마 안 있어 왜성 아래 별장 같은 집이 한 채 들어섰는데 여자 혼자 이사를 왔다. 어려서부터 서울 이모 집에서 학교를 다니고 결혼까지 했던 여자가 마을에 나타난 건 의외라고 사람들이 입을 모았다. 지독하게 사랑한 남자가 불의의 사고를 당하고 죽자 충격으로 정신병원에 입원을 했었다느니, 결혼을 하고 나서도 그 남자를 못 잊어 이혼을 했다느니, 사별을 했다느니, 일가족이 모두 교통사고로 죽고 혼자 남았다느니 여자에 대한 많은 풍문이 떠돌았다. 나역시 이 집의 주인이 궁금했다. 왜성 아래 별장 같은 집이란 말을 들었을 때 두말 않고 승낙한 이유였다.

바람 한 점 없다. 정원에 서 있는 나무들의 잎사귀가 굳어 버린 듯 조금도 움직이지 않는다. 마치 그림 같다. 나는 이마에 흐르는 땀을 소매로 스윽 닦아낸다. 부채로 땀을 식히던 여자가 내게 손수건을 내민다. 여자의 손수건에서 묘한 향이 풍긴다. 손수건으로 땀을 닦는데 웬일인지 열기가 더해지는 것 같다. 캡틴의 캥, 캥 하는 소리 때문에 여자와 내가 동시에 고개를 돌린다. 캡틴이 스잔의 엉덩이 쪽으로 가더니 두 발을 허리에 올리고 삽입 자세를 취한다.

순식간에 스잔이 깽, 하며 몸을 돌려 캡틴을 공격한다. 놀란 내가 급히 달려가려고 몸을 일으키는 찰나, 흥분한 캡틴이 돌진하듯 스잔의 뒤쪽으로 다가가 물어뜯을 듯이 허리를 붙잡고 삽입을 시도한다. 순식간에 공격을 당한 스잔은 어쩌지 못하고 허리를 숙이려다가 다시 몸을 일으킨다. 때를 놓치지 않고 캡틴이 스잔의 엉덩이에 몸을 더욱 밀착시킨다. 잠시 둘의 움직임이 멎는 듯하더니 이내 캡틴이 격렬하게 몸을 움직인다.

우리 사이에 어색한 침묵이 흐른다. 빈 잔에 차를 따르는 여자. 나는 찻주전자 꼭지를 누르고 있는 여자의 손을 바라본다. 찻잔을 잡으려던 내 손이 자신의 손과 부딪치자 여자가 웃는다. 그녀의 붉은 입술을 따라 새의 발모양을 그리며 눈이 따라 웃는다. 손수건에서 맡았던 묘한 향이 웃는 여자의 숨결 속에 묻어 나오는 것 같다. 순간 정신이 아찔해지며 내 손에 물컹하니 와 닿았던 여자의 젖가슴 감촉과 그녀가 만든 남근 모형의 조각상이 떠오른다.

나는 재빠르게 여자의 허리를 끌어당겨 품에 안는다. 놀란 여자가 내 가슴을 밀어낸다. 이런 경우 요동치는 암컷의 허리를 놓치면 일을 그르치기 쉽다. 붙잡혀 바둥대는 암컷을 보고 흥분한 수컷을 진정시켜야 함은 물론이다. 빠져나가지 못하도록 허리를 감은 팔에 힘을 주고 흰 치마 속 팬티를 급하게 끌어내린다. 내 팔에 여자의 손톱이 박힌 듯 통증이 인다. 평상 아래로 끌어 당겨진 여자의 몸을 돌리고 엉덩이에 내 몸을 바짝 붙인다. 동물들 중에 정상 위 체위를 하는 건 유일하게 인간뿐이라고 했던가. 언젠가부터 나는 후배위 아니면 쾌감을 못 느끼게 되었다. 내가 후배위를 좋아하게 된 건 아무래도 이 일을 시작하고 나서부터인 것 같다. 나는 그녀의 몸속으로 깊숙이 침입한다. 순간 내 몸에 숨어 있던 모든 감각이 날을 세우고 일어나는 것 같다. 격렬하게 그녀의 몸을 유린한다. 마치 내가 캡틴이 된 것 같다. 어지럽다. 눈 아래로 그녀의 동그마한 엉덩이가 흔들리고, 사당의 금줄에 매달린 남근이 흔들리고, 빨간 뽈똥 열매가 흔들리고, 수경의 수척해진 얼굴이 흔들린다. 눈 감은 나의 몸짓이 더욱 격해져 간다. 이 순간 여자는 수경이가 되고 나는…. 내 온몸의 촉수가 깨어나 내지르는 포효와 여자의 신음을 쨍쨍한 한낮의 태양이 삼키고 있다.

　누군가 보고 있는 듯한 느낌에 눈을 뜬다. 캡틴이다. 운전을 하다 그늘진 곳에 차를 세우고 잠시 졸았던 모양이다. 내 시선이 계기판 옆 시계로 향한다. 요일과 시와 분을 가르는 경계 표시가 부지런히 명멸을 반복하고 있다. 금요일 정오가 가까워지고 있다. 차에서 내린 나는 캡틴의 앞다리를 굽혀 기다려, 자세를 취하게 한 후 식사를 준비하기 위해 서두른다. 밀폐통을 꺼내 열자 캡틴을 위한 비타민과 쇠고기 통조림이 들어 있다. 살뜰하게 챙긴 맘의 정성이 역력히 드러난다. 오늘은 마무리 하는 날이라 특별히 더 챙긴 듯하다.

캡틴은 자신의 식사가 오기를 기다리며 나를 주시하고 있다. 구수한 곰국 냄새를 맡은 탓인지 입가에 침이 줄줄 흐르고 있다. 곰국 그릇에서 몽글몽글 오르는 김과 빈속을 훑고 나온 내 담배 연기가 몸을 섞는 순간 작열하는 태양빛이 홀연히 훔쳐가 버린다. 내가 담배 두 개비를 피우면서 그 모양을 바라보고 있는 동안 캡틴의 입 주변은 침으로 범벅이 됐고 점점 숨이 거칠어지고 있다.

캡틴의 곰국 그릇을 입으로 가져간 건 먹으려던 의도가 아니었다. 단지… 단지… 아니다, 사실 그 맛을 보고 싶었는지도 모른다. 혀에 와 닿는 곰국이 밍밍하고 비리다고 느끼는 순간 무언가 하얀 물체가 화악, 내게 달려든다. 손에 만져지는 부글부글한 털. 캡틴이다. 내 팔을 물고 늘어진다. 엉겁결에 캡틴의 목 언저리를 잡아 세게 누른다. 잠시 팔을 물고 있던 캡틴의 힘이 빠지는 것 같다. '이때다 싶어' 팔을 빼려 하자 캡틴의 이빨이 더욱 깊게 살을 파고든다. 나는 참을 수 없는 고통을 느끼며 "아악" 하고 비명을 지른다. 붉은 피가 뚝뚝 떨어진다. 캡틴을 떼어내려 힘껏 팔을 흔들어 보지만 그럴수록 고통만 가해질 뿐이다. 캡틴의 아귀힘을 당해 낼 수가 없다.

숨이 차 온다. 속이 보이지 않는 깜깜한 바닷속에 빠진 느낌이다. 태양빛에 몸을 데인 흰색의 아스팔트 위로 점점이 떨어지고 있는 붉은 핏방울이 보인다. 언뜻 내 눈에 들어온 그것이 뽈뚱 열매처럼 보인다. 수경과 내가 까치발을 하고 나무에 손을 뻗어 따 먹던 앙증맞은 붉은 열매. 입안 가득 뽈뚱 열매를 따 먹고 좁장한 골목에서 나누는 키스는 그 어느 때보다 달콤했다. 지금도 수경이 어느 한적한 골목에 늘어선 뽈뚱 나무 아래서 붉고 앙증맞은 그 열매를 따 먹고 있을 것 같다. 내 팔에서 떨어진 핏방울이 아스팔트 위에 떨어져 점점 더 많은 뽈뚱 열매를 그리고 있다. 도

로 위에 수북이 열린 열매를 따서 수경의 손에 쥐여 주고
싶다. 나는 붉은 열매를 따기 위해 몸을 수그린다. 순간 머
리가 핑 돈다. 입안 가득 뽈똥 열매를 머금고 웃음 짓는 어
린 수경을 만나고 싶다. 도로 위에 꽃처럼 수없이 열린 뽈
똥 열매 위로 정오의 태양빛이 쏟아지고 있다.

쥐의 성城

절정의 순간이 가까웠다고 느끼는 순간 그의 등에 손톱
을 깊게 박는다. 부글부글 모여 있는 송충이 떼를 만진 듯,
온몸의 열기가 싸늘하게 식는다. 눈을 떴다. 눈앞의 형체
는 어둠 속에 잠겨 잘 보이지 않는다. 온몸이 검은 털로 뒤
덮인 듯 까맣다. 실체를 정확히 알아볼 수 없는 나는 자꾸
눈을 비벼 본다. 광채가 나는 작은 눈으로 누군가 나를 노
려보고 있다. 짐승이다. 순간 나는 아아악, 길고 커다란 비
명을 지르며 그 짐승을 힘껏 밀쳐 낸다. 구석으로 밀쳐진
그 검은 짐승의 등에 난 상처가 보인다. 상처 부위는 털이
빠지고 무언가에 눌린 듯 일그러져 있다. 짐승이 뾰족한

이를 드러내고 찌이익, 소리를 낸다. 나는 온몸에 소름이 돋아 귀를 틀어막는다. 네 발로 기어 점점 내게 다가온다. 놀란 내 눈을 본 짐승이 긴 꼬리를 쳐든다. 절망스런 소리를 크게 내지르지만 입 밖으로 나가지 못하는 내 비명은 갈비뼈에 빗장을 치듯 안으로 밀려든다. 숨이 막힌다. 눈앞이 희미하고 정신이 혼미하다. 짐승의 꼬리가 내 몸을 후려친다. 가슴에 붉은 선이 그어지며 피가 솟는다. 일순 안개처럼 가려졌던 눈앞이 환해진다. 검은 털로 뒤덮인 짐승이 흰 이빨을 드러내며 웃고 있다. 쥐다.

잊을 만하면 나타나곤 하는 꿈이다. 그는 병원을 다녀오는 것이 좋겠다고 했다. 그가 짐작하는 내 병명은 신경쇠약이다. 나는 도리질을 한다. 모든 건 쥐 때문이다, 그놈의 쥐 때문.

나는 옆자리를 돌아본다. 그가 없다. 이불만 흡사 뱀 허물처럼 그가 빠져나간 형태 그대로 놓여 있다. 온몸의 기운이 모두 빠진 느낌이다. 땀으로 목욕을 한 듯 흥건히 젖어 있다. 나는 갑자기 이불을 휙 걷어 내며 주방으로 나가 여기저기 그릇을 들추어 보고 냄비뚜껑을 열어 본다. 모든 것은 그대로다. 한참 주저앉아 있던 나는 멀쩡한 그릇들과 수저를 꺼내 큰 들통에 넣고 가스레인지에 올려 삶는다. 김이 모락모락 피어올라 덥다고 느껴질 즈음 그가 방 안으로 들어온다. 당황한 빛을 애써 감춘 그가 가스레인지 위에서 끓고 있는 식기류를 보며 약간 신경질적으로 말한다.

"도대체 이 밤중에 뭐 하는 거야, 시뻘건 눈을 해 가지고."

눈이 모래알을 머금은 듯 뻑뻑하다. 나는 그의 얼굴을 잠깐 쳐다보고 나서 이내 고개를 돌린다.

그는 깊은 잠에 빠졌다. 나는 어둠 속에서 벽에 기대앉아 잠들지 못한다. 쥐덫을 사야겠다고 생각한다. 두통이 멎질 않는다. 어제 새벽에도 그것을 보았다. 밤참 준비를 마치고 방으로 들어와 깜빡 잠이 들었다. 달그락거리는 소리 때문에 눈을 떴다. 느낌이 안 좋아 주방문을 급하게 열었다. 놀라 고개를 돌리던 쥐와 나의 눈이 마주쳤다. 엄청나게 큰 쥐였다. 가슴이 두근거리고 등에서 땀이 흘렀다. 나를 본 쥐는 한동안 움직이지 않고 있었다. 태연히 나를 바라보는 쥐를 보자 솜털이 모두 곤두서고 온몸에 소름이 돋았다. 서늘한 기운이 등줄기를 훑고 지나갔다. 나는 옆에 있던 물건을 집어 들어 쥐를 향해 힘껏 내던졌다. 도망치는 쥐의 동작이 굼떠 보였다. 쥐가 있던 자리에 세 조각으로 갈라진 재떨이의 작은 유리 파편이 흩어져 있었다. 나는 한동안 넋을 놓고 있다가 새로 만들어 놓은 나물 반찬과 국, 밥을 모두 쓰레기통에 버렸다. 그러고는 세제를 듬뿍 넣어 깨끗이 씻은 그릇들을 물에 팔팔 끓여 소독했다. 밤참을 라면으로 끓여 내놓은 나를 바라보는 그의 시선이 곱지 않았다.

내가 쥐를 본 건 신혼집으로 꾸민 이곳에 내 짐을 옮겨 오던 날이었다. 오래된 일본식 이층집이었다. 대문을 들어서던 내게 이상한 소리가 들렸다. 주위를 둘러보았다. 짐을 들고 계단을 오르는 인부와 그의 모습밖에 보이지 않았다. 이 층에서 눈을 떼자 공장으로 사용하고 있는 일 층의 전경이 보였다. 한낮이었지만 커튼이 내려진 공장 내부는 어두웠다. 어둠에 익숙해진 내 눈에 제일 먼저 들어온 것은 커다란 몸체의 스팀통이었다. 비대한 몸체를 자랑하며 벽 한쪽에 서 있는 스팀통 옆으로 다림질 판 세 대가 놓여 있고 옷의 단춧구멍을 뚫는 기계인 큐큐가 다섯 대 일렬로 늘어서 있었다. 큐큐 위쪽으로 가로 세로 이 미터 정도의 실을 꿉는 판이 각각의 큐큐 위에 있었는데 여러 가지 색

170

을 입은 실꾸리가 일렬로 늘어선 모습은 마치 미술장식품
처럼 보였다.

　한동안 넋 놓고 있는 나를 누군가 쳐다보는 것 같았다.
비교적 얇은 블라우스나 남방 종류에 단춧구멍을 내는 나
나인치 기계 뒤쪽으로 검정 옷을 입은 사람이 서 있었다.
호기심에 나도 모르게 그쪽으로 발길을 옮겼다. 어둠 속에
서 조금씩 발을 떼던 나는 무언가에 걸려 넘어지고 말았
다. 넘어진 내 몸 밑으로 검정색 옷걸이들이 수북이 쌓여
있었다. 일어서던 나는 심장이 터질 듯한 놀라움에 소리를
질렀다. 작은 새끼 고양이만 한 몸체의 짐승이 나를 노려
보고 있었기 때문이다. 짐승의 작은 눈에서 빛이 났다. 나
와 눈이 마주친 그것은 한동안 움직이지 않고 나를 노려보
았다. 그렇게 큰 쥐를 본 건 그때가 처음이었다. 비명을 들
은 그가 급히 이 층에서 뛰어내려와 맥없이 서 있는 나를
부축했다. 커다란 쥐를 봤다는 내 말에 그는 별것 아니라
는 듯이 이 층으로 나를 이끌었다. 그의 부축을 받으며 이
층으로 오르던 내 눈에 검정 옷을 입은 마네킹이 보였다.

　"이사 가면 안 돼?"

　아침 식사를 하는 그에게 또다시 이사 이야기를 꺼낸다.

콩나물을 입에 넣고 씹던 그가 나를 한심하다는 듯이 바라본다.

"이 집은 나와 아주 잘 맞아. 북쪽으로 난 공장 문으로 돈이 넘치게 들어온다잖아. 그깟 쥐 때문에 이사를 가자는 게 말이나 돼?"

그는 언젠가 참기름을 팔러 왔던 제주 아낙의 집터에 관한 이야기를 곧이곧대로 믿고 집에 대한 애착이 대단했다.

이 집에 처음 왔을 때 도시 한복판에 이렇게 오래된 일본식 건물이 있다는 걸 알고 놀랐다. 그러나 그것보다 더 놀란 것은 낡은 목조 건물 구석구석에 크고 작은 창고가 아주 많다는 사실이었다. 창고라고 하기엔 아주 작은 비밀스런 공간들이었다. 층계참이며 다락방의 구석, 이 집에 산 지 육 개월이 지나서야 발견한 보일러실 옆 벽면 공간은 음침한 기운이 감돌아 가까이 가기가 꺼려졌다. 무슨 용도로 쓰는지 궁금했지만 그곳의 문을 열어 볼 엄두는 나지 않았다. 그저 창고라는 그의 말에 고개를 끄덕였을 뿐. 결혼 전 몇 번 드나들면서도 보이지 않았던 부분들이 막상 신혼살림을 차리고 보니 눈에 많이 거슬렸다.

자정. 큐큐와 나나인치 그리고 스팀다리미에서 나는 소

172

리가 뒤섞여 공장은 시끄럽다. 그의 공장은 보통 저녁 여섯 시 정도 일을 시작한다. 완성된 옷에 단춧구멍을 내고 단추를 달아 다림질로 마무리를 하고 나면 비닐 커버를 씌워 가게로 배달해 준다. 새벽 네 시나 다섯 시면 일이 거의 끝난다. 일을 마치면 이른 아침을 먹고 잠을 자기 시작한다. 그때부터 잠을 자야 일하는 데 지장이 없다. 그런데 잠을 안 자고 포커를 하거나 비디오방을 들락거리는 종업원들로 인해 가끔 사고가 발생한다. 졸면서 큐큐를 치다가 손가락에 바늘이 꽂힌다거나 색깔이 맞지 않는 실을 사용해 다시 작업을 해야 하는 일은 예사로 있는 일이다. 처음엔 낮과 밤이 바뀐 생활에 적응이 되지 않았는데 지금은 밤에 일하는 게 익숙하다.

육중한 스팀통이 더운 날씨 탓인지 더 크게 보인다. 공장에서 제일 넓은 자리를 차지하고 서 있는 이 스팀통은 각 라인의 다리미에 스팀을 제공하기 위한 장치다. 대부분 자동센서가 부착된 것을 사용하는데 이곳에서 사용하는 스팀통은 수동으로 기압을 빼 줘야 한다. 그렇지 않으면 과열되면서 터져 로켓처럼 하늘로 치솟는 사고가 발생한다. 어느 정도 기압이 올라가면 스팀통의 콕이 열리고 압

력밥솥처럼 칙칙거리는 시끄러운 소리가 난다. 그 때문에 주위에서 민원이 많이 들어오자 그는 스팀통의 콕을 떼어 버리고 밸브를 달아 수동으로 만들었다. 기압계를 보고 수동으로 기압을 뺄 수 있도록. 일을 할 때는 스팀이 빠져나가기 때문에 터질 일이 없다. 그러나 일을 하지 않을 때는 눈으로 확인하면서 밸브를 열어 기압을 빼 줘야 한다. 그렇지 않으면 그 주위에 있던 사람은 대부분 죽고 집이 내려앉는 큰 사고로 이어진다.

나나인치를 치고 있는 강주는 열심히 풍선껌을 불고 있다. 그녀의 얼굴 위로 커다란 풍선이 가끔 떠올랐다가 사라진다. 나와 눈이 마주친 순간 풍선이 터져 그녀의 얼굴에 달라붙는다. 나는 그녀 곁으로 다가가 남방을 건넨다. 그녀가 고개를 떨어뜨리고 옷을 받아든다. 그녀는 나나인치에 단추 칠 부분을 정확히 맞추고 발로 누른다. 일자의 단춧구멍이 뚫린다. 나는 다시 남방 하나를 들어 그녀에게 준다.

"제가 할게요."

강주의 작은 목소리는 여러 기계음에 묻혀 모깃소리만 하게 들린다. 나는 못 들은 척 소매까지 합쳐 일곱 개의 단춧구멍이 뚫리고 나면 새 남방을 강주에게 건넨다. 위에서 내려다보는 나의 눈에 민소매의 깊게 파인 부위로 강주의 가슴이 드러나 보인다. 갑자기 머리가 아파온다. 나는 들고 있던 남방으로 거칠게 강주의 얼굴을 후려치고 싶은 충동을 느낀다. 새 옷을 건네자 내 손에서 강주가 다소 거칠게 옷을 뺏어 간다. "뭐 하는 짓이니?"라는 내 말에 강주가 다소 격앙된 목소리로 재빨리 말한다.

"제가 한다잖아요, 그냥 두고 가세요."

그가 어이없이 서 있는 내게 올라가라고 눈짓을 한다. 나는 말없이 강주를 쳐다본다. 강주는 풍선껌을 크게 불었다가 터뜨리며 짝짝 소리를 내서 씹는다. 공장에 처음 온 날도 강주는 껌을 씹고 있었다. 다리를 꼬고 앉아 연신 자기의 긴 생머리를 손가락으로 돌돌 말고 있는 강주를 보았을 때 어디서 많이 본 것 같은 느낌이 들었다. 나는 탐탁지 않았지만 그는 별말 없이 그녀를 채용했다. 그녀를 어디서 봤는지 골똘히 생각하느라 강주를 채용한 그에게 아무 말도 하지 못했다. 당장 일손이 부족한 상태라 내가 제동을 건다 해도 소용이 없었을 것이다.

오래된 건물이라 계단을 밟을 때마다 삐걱삐걱 하는 소

리가 들린다. 난간에 온몸을 의지해 조심조심 올라간다. 어렸을 때 이웃집 언니에게 들었던 옛날이야기 중에 가장 무서웠던 것은 계단 안에 누워 있는 시체 이야기였다. 일곱 번째 계단을 밟으면 누워 있던 시체가 벌떡 일어난다는…. 나는 여섯 번째에서 일곱 번째를 건너뛰고 두 칸을 한꺼번에 오른다. 오래된 습관이다. 다시 계단을 오르려고 몸을 돌리던 내 눈에 층계참 거울에 비친 여자가 들어온다. 눈이 빨갛게 충혈되어 있다. 나는 "휴" 한숨을 쉰다. 실핏줄이 터진 듯 흰자위에 핏발이 선명하다. 수면부족 탓이다. 바지 주머니에서 안약을 꺼내 눈에 한 방울 떨어뜨린다. 잠시 눈이 시원하다. 뒤를 돌아 계단을 내려다본다. 아득한 절벽 위에 서 있는 것 같은 느낌이다. 그때의 악몽이 또 떠오른다.

결혼하고 얼마 지나지 않아 임신을 했다. 그날도 저녁 간식을 내 주고 삐걱거리는 계단을 오르고 있는데 자꾸 다리가 휘청거리고 어지러웠다. 속이 메스꺼워 연신 구역질을 하며 일 층에서 이 층 계단을 올랐다. 한 칸 오르고 나서 계단에 앉아 쉬기를 몇 번 한 후에야 방문 가까이 다다를 수 있었다. 방문 앞까지 몇 개의 계단을 남겨 놓고 기진한 나는 그대로 계단에 엎드리고 말았다. 한참 후에 정신을 차리고 일어서려는데 천장에서 시커먼 물체가 헐렁한 남방을 입은 내 가슴 속으로 툭 떨어졌다. 급작스레 생긴 일에 너무 놀라 남방을 움켜쥐었다. 물큰하게 와 닿는 그것을 꺼내려 남방을 풀어헤친 나는 계단에서 굴러 떨어지고 말았다. 유산을 했다. 그리고 부러진 팔 때문에 깁스를 하고 있던 두 달 동안 실어증 환자처럼 말을 하지 못했다. 불면증과 두통 역시 그때부터 생겼다. 결혼하고 몇 년이 지나도록 아이가 없는 내게 어른들이 "밥값도 못 한다"며 지나가는 말로 농담을 할 때면 등골이 서늘해지며 땅속으로 꺼져 들어가는 아득함을 느끼곤 한다. 모든 것은 쥐 때문이다.

시장을 돌아다닌 지 족히 세 시간은 지났다는 생각이 든다. 한 철물점에서 구입할 수 있는 쥐덫이 많지 않다. 양손에 커다란 검정 봉투를 들고 나타난 나를 본 그가 기가 막힌다는 표정을 짓는다. 열두 개의 쥐덫을 본 그가 "뭐 하자는 거야?"라고 말한다. 나는 그를 빤히 바라보며 말한다.

"불온한 것들을 없애자는 거지."

쥐를 아주 잘 잡던 여자가 있었다. 아버지가 데려왔던

여자. 긴 생머리를 틀어 올려 나무젓가락 같은 막대로 고정시키고 여름에도 검은 카디건을 긴치마 위에 늘어뜨려 입던 그 여자가 제일 멋져 보일 때는 무서운 아버지를 말 한마디로 꼼짝 못하게 휘어잡을 때였다. 술을 마시고 큰소리치며 엄마를 힘들게 했던 아버지는 그 여자 앞에서는 순한 양이었다. 부엌이 직사각형이었다. 쥐가 나타나면 그 여자는 우선 부엌문을 닫고 쥐를 안쪽으로 몰아넣은 다음 빨래판으로 쥐의 등을 눌러 잡았다. 쥐를 보면 은근슬쩍 자리를 피하거나 외면하던 아버지가 여자의 쥐 잡는 모습을 보고 반했을지 모른다는 생각이 들었다.

어느 날 학교에서 돌아와 보니 여자가 또 쥐를 잡고 있었다. 나를 본 여자가 부엌문을 닫으며 입구를 지키라고 말했다. 나는 생각 없이 쪼그리고 앉아 여자가 하는 양을 지켜보고 있었다. 여자가 빨래판을 들어 쥐를 안쪽으로 몰아넣은 다음 기회를 노리고 있었다. 여자는 용케 쥐의 행동반경을 알고 있는 듯했다. 위기의식을 느낀 쥐가 가끔 찍찍거렸다. 여자의 이리저리 옮기는 발걸음 소리와 빨래판을 바닥에 내리찍는 쿵쿵 소리를 듣고 있던 나는 가슴이 콩닥 콩닥거렸다. 웬일인지 여자는 매번 헛손질이었다. 몇 번째인가 드디어 빨래판에 쥐가 찍혔다. 순간 여자가 벗겨진 슬리퍼를 신느라 잠깐 비틀거렸다. 그 사이 빨래판에 등을 눌렸던 쥐가 잽싸게 내 쪽으로 도망쳐 오더니 발과 발 사이에서 멈췄다. 쥐를 발 사이에 끼운 채 나는 그만 기절하고 말았다.

모두 잠든 시간. 일 층에 있는 화장실을 가기란 여간 조심스러운 일이 아니다. 이럴 때 유난히 크게 들리는 계단의 소음을 줄이기 위해 난간에 최대한 몸을 의지해 내려간다. 일 층으로 내려서자 어둠 속에 거대한 스팀통이 공장을 지키는 파수꾼처럼 버티고 서 있다. 공장 안쪽은 먹물을 칠해 놓은 듯 칠흑 같은 어둠에 묻혀 있다. 나는 급히 몸을 돌려 화장실로 들어간다.

내려갈 땐 들리지 않던 이상한 소리에 발길을 멈춘다. 종업원들이 사용하는 우리 옆방에서 나는 소리다. 나는 발소리를 죽이고 다가가 방문에 귀를 대 본다. 연속적인 여자의 신음. 간헐적으로 들리는 남자의 흥분된 외마디에 유두가 빳빳해지는 느낌이다. 방문을 돌려 본다. 쉽게 열린다. 문틈으로 방문을 마주보고 앉아 있는 텔레비전 화면이 눈에 들어온다. 네모진 화면 안에서 벌거벗은 남녀가 서로의 성기를 열심히 빨고 있다. 화면이 각도를 달리해 바뀔 때마다 신음과 야합한 붉은빛이 잠자고 있는 이들 위에서 배회하고 있다. 방 안에 온통 붉은 색감의 안개가 드리워진 느낌이다.

명식과 병수, 진수는 텔레비전 쪽으로 발을 뻗고 잠들어 있다. 진수는 한 손을 팬티 속에 넣고 병수는 진수 가슴 위에 손을 올리고 이불을 다리 한쪽에 돌돌 감은 채다. 그들과 벽 쪽으로 누운 명식 사이에 브래지어를 벗은 채 자고 있는 여자가 보인다. 나는 발걸음을 두어 번 더 안쪽으로 옮겨 여자의 얼굴을 바라본다. 그 여자다. 쥐를 잘 잡던 그 여자. 하마터면 소리를 지를 뻔 한다. 아니 강주다. 강주가 이 방에서 자고 있는 걸 본 건 이번이 두 번째다. 이런 광경을 처음 목격한 날 그와 큰 말다툼을 했다. 종업원들을 모두 내쫓고 다시 뽑으라는 내 말에 그는 오버하지 말라며 비아냥거렸다. 그리고 강주를 불러 한마디 하겠다는 나에게 마치 독을 뱉듯이 "내비둬"라고 말했다. 나는 목까지 올라오던 마음속 말을 꾹꾹 눌러 참았다.

외출 나간 병수가 들어오지 않자 밤참 시간이 늦어진다. 나는 그 사이 샌드위치로 간식을 만들어 놓고 깜빡 잠이 든다. 슥슥 북북 하는 소리에 잠을 깬다. 주방 쪽이다. 유리 미닫이문으로 다가가 주방의 동정을 살핀다. 내 눈이 제일 먼저 쥐덫으로 향한다. 쥐덫의 윗부분이 검게 그을려 있다. 쥐덫을 놓고 나서 제일 먼저 잡았던 쥐도 상당한 크기였다. 한동안 쥐덫에서 고기 타는 냄새가 가시지 않았다. 지금도 고기 타는 냄새가 나는 것 같다. 여기저기 놓인 쥐덫은 내가 놓았던 그 모양 그대로다. 간식을 준비하라는 벨이 울리지 않는 걸 보면 병수가 아직 오지 않은 모양이다. 다시 누우려고 몸을 돌리던 나는 흠칫 놀라 몸을 똑바로 세운다. 언제 뚫린 지 알 수 없는 천장의 구멍 사이로 커다란 쥐 한 마리가 전선을 타고 내려오는 걸 보았기 때문이다. 가슴이 방망이질 치기 시작한다. 커다란 쥐가 나오고 얼마 지나지 않아 그 뒤로 작은 쥐 여섯 마리가 차례대로 전선을 타고 내려오고 있다. 몸을 굼뜨게 움직이던 커다란 쥐가 임신 중이었던 걸 이제야 알아챈다. 쥐에게서 눈을 떼지 못하고 있는 내 몸이 부르르 떨린다.

공장에서 사용하는 석유를 작은 병에 옮겨 담고 있는 나에게 그가 연신 무슨 말인가를 한다. 시끄러운 기계음들이 그의 말을 삼켜 버린다. 그가 일손을 멈추고 내 쪽으로 다가와 병수도 늦고 일이 끝나려면 아직 멀었으니 그냥 자라고 말한다. 그를 일별하고 나는 급히 이 층으로 발걸음을 옮긴다.

쥐덫 안에 갇힌 쥐는 움직임을 멈추고 웅크리고 있다. 나는 쥐덫과 약간 떨어져서 쥐를 향해 석유를 뿌린다. 석유를 뒤집어쓴 털이 몸에 납작하게 달라붙어 일순 쥐의 몸이 작아진 것처럼 느껴진다. 고소한 참기름으로 버무린 밥 냄새를 맡은 어미 쥐가 쥐덫에 들어가자 철컥하고 문이 내려졌다. 순간 새끼 쥐들은 일사분란하게 사방으로 흩어졌다. 몇 주 후면 도망친 새끼 쥐들은 어미 쥐가 되어 또 다른 새끼 쥐들을 퍼트릴 것이다. 쥐 한 쌍이 일 년에 1,200마리 정도 새끼를 낳는다고 한다. 얼마만큼의 쥐가 살고 있는지 알 수 없지만 이제 곧 이 집은 쥐들의 성이 될 지도 모른다. 구석구석에 만들어진 창고가 쥐의 서식지라는 생각이 든다. 마음이 급해진다. 나는 석유를 뿌린 쥐를 바라보며 성냥을 긋는다. 깜깜했던 주위가 성냥 불빛으로 인해 환하게 밝아진다. 갑자기 쥐덫 안에 있던 쥐가 요동을 친다. 쥐의 심한 움직임에 쥐덫이 들썩들썩거린다. 내가 약간 뒤로 물러난 후 성냥불을 쥐에게 던지려고 할 때 쥐덫의 문이 열

린다. 쏜살같이 튀어나온 쥐가 내 눈앞에서 사라진 건 눈
깜짝할 사이에 벌어진 일이다. 한 번 불세례를 받았던 쥐
덫의 문이 헐거워진 탓이다.

여자의 쥐 잡는 모습을 볼 수 없게 된 건 군대 갔던 오빠
가 오고 나서부터였다. 집에 있던 쥐를 다 잡아 버린 건지
알 수 없었지만 어쨌든 오빠가 집에 오고 나서부터는 여자
의 쥐 잡는 모습을 본 적이 없다. 운전병으로 제대를 한 오
빠는 목수인 아버지가 손수 만들어 자물쇠를 채워 두었던
커다란 나무 돈 통과 아버지의 여자까지 훔쳐서 달아나 버
렸다.

"그 년이 결국 니 애비를 잡은 게여."

여자와 오빠가 사라지고 난 후 퉁퉁 부은 아버지의 시체
가 저수지에서 발견되자 고모는 늘 주문처럼 그 말을 달고
살았다. 나는 아버지보다는 오빠가 그 여자와 잘 어울린다
고 생각했다. 그래서 쥐를 잘 잡던 그 여자와 오빠가 어딘
가에서 잘 살기를 바랐다.

공장에서 울리는 기계 소리가 잦아든 것 같아 나는 일
층으로 내려간다. 그의 자리가 비어 있다. 오늘 공장으로
입고된 물건들이 거의 마무리되면서 큐큐가 두 대만 돌고

있다. 나나인치를 치던 강주의 자리엔 보라색 남방이 기계에 물린 채 늘어져 있다. 병수 자리 역시 비어 있다. 병수의 늦은 귀가가 불길하다. 항상 오토바이를 타고 다니는 병수역시 위험을 안고 사는 인물이다. 나는 강주의 자리에 앉아 남방에 단춧구멍을 뚫는다. 남방이 다섯 장 남을 때까지 화장실에 갔을 거라 생각했던 강주는 나타나지 않는다. 남은 옷을 마무리해서 다림질 방으로 옮기고 나자 피곤이 몰려온다. 또다시 눈이 뻑뻑하다. 나는 주머니에서 안약을 꺼낸다.

일 층에서 이 층으로 오르는 계단의 중간을 돌 때 강주의 방에서 누군가 문을 열고 나온다. 나는 얼른 오르던 계단을 다시 내려와 화장실로 들어간다. 잠시 후 화장실에서 나와 공장을 둘러보니 그와 강주가 자리에 앉아 일을 하고 있다.

안 좋은 예감은 항상 적중한다. 일을 마치고 모두들 잠자리에 든 지 30분이 안 되어 전화벨이 울린다. 잠을 이루지 못하고 앉아 있던 나는 전화벨이 울리자 이상하게 가슴이 쿵쾅거린다. 투박한 사투리의 남자 목소리를 알아듣지 못하고 잘못 걸었다며 끊어 버린다. 두 번째 전화벨이 울렸을 때 그가 부스스 일어나 약간 신경질적인 목소리로 전화를 받는다.

"무슨 일입니까?" 하고 묻던 그가 "알겠습니다"라고 말하며 전화를 끊더니 명식을 부른다. 그는 나에게 가라앉은 목소리로 "병수가 죽었대" 한다.

병수의 사고는 참혹했다. 오토바이를 타고 달리다 소나타와 부딪쳤는데 그 충격으로 도로에 떨어지면서 다른 차에 또 치였다고 한다. 병원에 다녀온 명식과 그는 병수의 얼굴과 몸이 피범벅이 되고 알아볼 수 없을 정도로 모습이 일그러져 도저히 눈 뜨고 볼 수 없었다며 연신 구역질을 한다. 사고무친이라던 병수가 죽고 나자 그가 넣어 주었던 보험이 문제가 되었다. 느닷없이 병수의 외숙모라는 사람이 나타났다. 수시로 집엘 찾아오고 시간을 가리지 않고 전화를 걸어와 피곤하게 한다. 보험료를 당연히 자기가 가져가야 된다며 생떼를 쓴다. 전화받기와 그녀의 방문에 지친 나는 그에게 병수의 외숙모라는 여자가 보험금을 탈 수 있게 해 주라고 말한다. 그는 어림도 없는 소리 말라며 소리를 지른다. 그녀가 찾아올 때마다 그는 병수가 평소에 일가친척이 아무도 없다고 말했으며 자신을 친형이나 마

찬가지로 생각했고 자신도 병수를 남이라고 생각해 본 적
이 없다고 말한다. 그러고는 병수의 사망 시 수익자가 자
신으로 되어 있는 보험증권을 내보이며 당신이 병수 외숙
모라는 증거를 가지고 오라며 큰소리친다. 그 와중에 강주
는 병수와 자신은 결혼을 약속한 사이고 임신까지 한 상태
라고 둘 사이에 끼여 운다. 나는 그들을 지켜보면서 잠을
좀 자고 싶다고 느낀다.

오늘 저녁 식사는 특별히 정성을 들여 준비한다. 삶아진
콩나물을 얼음 띄운 냉수에 식혀 채반에서 물기를 뺀다.
그래야 특유의 아삭거리며 씹히는 질감이 살아난다. 소금
과 마늘로 양념을 하고 실고추를 넣어 붉은 기를 입힌다.
고춧가루로 빛깔을 낼 때보다 훨씬 고급스러운 느낌이 난
다. 참기름을 넣어 젓가락으로 몇 번 뒤적인 후 깨소금을
뿌려 마무리한다. 그를 위한 메뉴다. 돼지고기에 양파를
큼직큼직하게 썰어 넣고 매실 진액을 뿌려 볶는다. 매실
진액을 넣으면 고기의 풍미가 한결 더해진다. 상추를 씻어
물기를 털어 낸 후 바구니에 보기 좋게 펼쳐 놓고 쑥갓과
몇 가지 야채를 곁들인다. 방울방울 매달린 물방울이 잎사
귀의 푸른빛을 한층 돋보이게 한다. 된장에 마늘 다진 것

과 쫑쫑 썬 고추를 넣고 매실 진액을 몇 방울 섞어 버무린
다. 고추장을 몇 스푼 섞어 넣자 한결 먹음직스런 쌈장이
된다. 양파 껍질을 벗겨 주홍빛을 띤 접시에 썰어 담고 청
고추와 홍고추를 어슷썰기 해서 고명처럼 그 위에 얹는다.
주홍과 흰색의 멋진 조화가 입맛을 부추긴다.

모두들 오늘 식사는 다른 날에 비해 더 맛있다고 한마디
씩 한다. 나도 그들 속에 섞여 밥을 먹는다. 잘 먹지 않던
돼지고기를 상추에 싸고 쑥갓을 곁들여 입안에 넣는다. 부
드럽게 씹히는 고기, 아삭이는 야채가 기분을 좋게 한다.
항상 모래알 같던 밥알이 달다. 그들과 함께 식사를 하는
건 처음이다. 그와 둘이 먹거나 혼자 먹는 밥은 맛이 없었
다. 후식은 사과. 그들은 배가 너무 불러 일을 못 하겠다며
엄살을 부린다.

옆방 문을 열어 본다. 명식은 벽에 기댄 채 잠들어 있고
진수는 옆으로 팔을 괸 채 졸고 있다. 모두들 정오까지 포
커를 하고 놀았으니 피곤할 것이다. 더구나 수면에 도움을
주는 음식들로 포식을 했으니….

일 층 공장은 어둠침침하다. 촉수 낮은 백열등 불빛 하
나만이 실내를 비추고 있다. 스팀을 가동시켜 놓고 그가

소파에 기대 졸고 있다. 강주는 나나인치 기계 위에 고개를 떨어뜨리고 엎드려 있다. 나는 공장을 휘 둘러본다. 잘 쓰지 않은 실꾸리 위에 뿌옇게 앉은 먼지가 눈에 띈다. 그것을 빼내 쓰레기통에 던진다. 스팀통이 과열된 듯 뜨거운 열기가 느껴진다. 그가 잠시 몸을 뒤척이더니 눈을 뜨고 나를 바라본다. 그러고는 이내 다시 잠에 빠진다. 아마도 내가 스팀통의 밸브를 조절하리라 생각하고 다시 잠을 청했을 것이다. 나는 스팀통의 기압계를 들여다본다. 보통 4기압까지 올라가면 밸브를 열어 준다. 빨간 눈금이 살짝 몸을 떨며 4기압에 근접하고 있다.

나는 전에 없는 밤 외출을 위해 대문을 나선다. 어스름한 골목길로 접어들자 내 앞을 가로막으며 커다란 쥐의 그림자가 드리워지는 것 같다. 급히 고개 돌려 뒤를 돌아보는 내 눈에 낡은 일본식 이층집이 보인다. 어둠에 붙들린 건물이 금세 내 앞으로 쓰러질 것 같다. 나는 걸음을 재촉한다. 휘황한 간판들이 즐비한 거리. 북적이는 인파 속으로 밀려들어 간다. 이제 이 도시에서 쥐의 성은 영원히 사라질 것이다. 잠이 쏟아진다.

"엄칭 까드락시럽소잉. 내 허벌나게 댕기 바도 민중 까라는 디는 첨보요."

양념 통에서 흘러나온 깨알이 수북이 뿌려진 듯한 주근깨투성이의 여자가 난색을 한다.

"내도 일허것다고 온 사람헌티 민중 까 보라기는 난생 첨이요. 오죽허문 이러것소. 하도 속다 봉께 이리 안 되부럿소."

나는 일부러 여자의 전라도 사투리를 흉내 내서 대답한다.

"그래도 그럿채 내는 다리요. 이래 비도 신용 하나로 지금꺼정 살아왔당께요."

여자가 콩알 주워 먹듯 주근깨 뿌려진 낮은 코를 씰룩거리며 한마디도 지지 않고 토를 달아 내뱉는다.

아침도 거른 데다 신경 쓰며 주근깨랑 실랑이를 하다 보니 진이 빠진다. 피곤한 여자다. '이런 여자 남편이 아닌 게 얼마나 복인가' 라는 생각까지 든다. 하기야 열 트럭을 가져다준다 해도 혼자 살았으면 살았지 이런 여자는 거들떠도 안 봤겠지만 말이다.

모든 게 그 칼잡이 때문에 생긴 일이다. 진짜 옛말 그른 것 하나 없다. 마음 땡기는 데로 가야 한다는 그 명언 말이다. 처음부터 그 얼굴 반반한 칼잡이가 마음에 들지 않았다. 주방장으로 들어온 칼잡이는 남자인 나도 한 번 더 쳐다볼 정도로 얼굴이 반드르르했다. "여자깨나 울리게 생긴네." 그를 본 사람들이 한결같이 했던 소리다. 그래도 그렇지 이렇게 빨리 대형 사고를 치고 도망갈 줄이야….

"하따, 어짓밤 묵던 호박엿 생각 허요? 호랭이 물어 가도 모르것네잉."

잠시 삼천포로 빠졌던 정신이 주근깨의 큰소리에 돌아온다. 주걱 하나는 통째로 들어갈 것 같은 주근깨의 커다

란 입을 바라보던 나는 어디 취직을 하면 당연히 주민등록
증을 제출해야 하는 것 아닌가, 하는 생각이 다시 든다. 내
가 잘못 알고 있는 건가. 나도 주민등록증 내라는 곳에 취
직을 안 해 봐서 잘 모르겠다.

"서빙은 몇 년째요?"

딸이 사는 시집 염탐하러 온 여자처럼 식당 안을 살피는
주근깨를 향해 내가 툭 한마디 던진다.

"헐만치 혀 봤소." 주근깨가 퉁 받아 던진 말.

'내 참 일을 하겠다는 건지 말겠다는 건지. 꼭 지가 사장
같다.' 날도 덥고 짜증난다. 얼굴 좀 되는 아줌마들은 모두
노래방이나 나이트클럽 알바로 빠지고… 얼굴을 보아하니
그런 데로 빠지고 싶어도 가지는 못할 것 같고… 무엇보다
전라도 여자들이 음식 솜씨도 좋고 야물기로 소문이 났는
데 급하면 음식도 좀 만들게 하고… 이리저리 나름대로 머
리를 굴려 가며 채용하기로 마음을 다잡는다.

"내사 마 일해 볼라요."

'아, 젠장 무슨 이런 경우가…' 같이 한번 일해 보자고
말할 참인데 주근깨가 먼저 선심 쓰듯 내뱉는다. 나는 그
만 기가 죽어 아무 말도 못 하고 우두망찰한다.

"아따 이쁜 사람 첨 보요, 입 다무쇼. 내가 한 인물 허기는 허재잉 으허허허."

요즘 시쳇말로 정말 '개념 없는' 아줌씨다. 사람 구하기도 힘들고 아쉬운 건 나니까 참기로 한다. 식당 하나 하는데 하루도 그냥 넘어가는 날이 없다. 어쩌다 아무 일 없이 지나가는 날이 있으면 오히려 이상할 지경이다. 작더라도 무슨 일이 생겨야 하루를 제대로 옴팡지게 산 것 같은 느낌이 든다. 팔자다, 팔자.

오늘은 그동안 직원들 때문에 속을 많이 썩다 보니 새로 온 서빙한테 주민등록증을 좀 보자고 했더니 이 난리다. 사실 처음에는 보따리 싸서 간다 하면 등줄기에 소름이 오소소 돋으면서 간이 쪼그라드는 것 같았다. 겉으로는 내색 안 하려고 죄없는 담배만 죽여 가며 안절부절못했는데 그것도 만성이 되다 보니 이젠 나도 '갈 테면 가라 까짓것' 이렇게 돼 버렸다. 어쨌든 홀 서빙은 이래서 해결됐고 이제 문제는 주방장이다.

주방장인 칼잡이하고 서빙 뱁새가 같이 출근하고 퇴근할 때부터 짐작은 했다. 그런데 이렇게 빨리 사라질 줄은 미처 짐작하지 못한 일이었다. 칼 놀리는 솜씨가 예사롭지 않고 잽싸더니 행동도 그에 못지않다. 요식업을 하면서 주인한테 악수는 이런 경우다. 주방장과 서빙이 눈을 맞추면 반쯤 장사 엎었다고 보면 된다. 더한 경우는 눈이 아니라 배가 맞은 경우다. 이 경우는 최악이다. 식당 서빙하고 주방장이 눈 맞아 주인 물 먹이는 일은 간단하다. 굳이 사용 안 해도 되는 멀쩡한 재료를 주방장이 풍덩풍덩 써서 없애는 것은 다반사며 빼돌리기까지 해서 서빙한테 인심 쓰고 서빙이 받은 팁 나누어 갖는 일은 종종 있는 일이다. 이곳에서는 그리 놀라운 일도 아니고 부지기수로 있는 일이지만 그저께처럼 뱁새 남편이 찾아와 난리법석을 펴는 경우는 처음 있는 일이었다. 나 참, 지금 생각해도 기가 막힌다. 지들끼리 좋아서 사기치고 도망갔는데 왜 내 골이 이렇게 땡기는지….

마치 내가 자기 마누라를 감춰 놓고 안 주는 것처럼 설쳐 대는 데는 당해 낼 재간이 없었다. 식당 구석에 앉아 소주를 몇 잔 들이키더니 급기야 실성한 사람처럼 주방으로 달려가 칼을 들고 나와 순영이를 내놓으라고 나를 붙들고 협박을 했다. 오히려 내가 피해보상을 청구해도 시원찮을 판에 이 무슨 꼴같잖은 경우가 다 있는지 원.

칼잡이와 뱁새가 종업원들 돈을 사기 쳐서 사라지는 바람에 가게가 온통 벌집 털어 놓은 것처럼 어수선했다. 장사할 생각들은 않고 다들 모여 신세 한탄만 하고 있는 꼴이 보기 싫어 사기당한 금액의 반을 내가 다 물어주기로 하고 겨우 일단락지었는데 또 난데없는 인물이 나타나 행패를 부리니 우째 이런 일이 다 있노 말이다. 종업원들이 신고를 하고 떼어놓는 바람에 해결은 됐지만 어쨌든 재수 옴 붙었다. 오죽 못났으면 지 색시 하나 간수 못 하고 남의 사업장까지 와서 그 지랄을 하는 건지. 세상에 제일 못난 놈이 그런 놈이다.

칼잡이가 서빙을 데리고 사라진 날부터 할 수 없이 왕초보인 내가 대타 노릇하는 바람에 며칠째 몸에 있는 물기란 물기는 다 뺐다. 내 참 오늘은 또 어떻고. 새로 온 주방장이 아침에 장사 준비를 하는 것 같더니 점심시간 예약 있는 것 뻔히 알면서도 내가 화장실 간 사이 보따리 싸 가지고 사라져 버렸다. 내 심정이 어땠겠나 말이다. 그 심정 이해한다고 말하지 마라. 이런 일 안 당해 본 사람은 모른다. 그래서 또 어쩔 수 없이 칼잡이를 했는데 정말 죽을 맛이다. 이제는 사람이란 족속은 모두 다 못 믿겠다.

내가 이 일을 하게 된 건 스물여덟 살 때부터였다. 그땐 나도 이 정다운 횟집의 종업원이었다. 살림집이 딸린 2층 짜리 건물에 인근에선 보기 드문 크고 넓은 수조를 가진 이런 횟집으로 키우기까지는 고생깨나 했다. 바다가 환히 내다보이는 통유리창의 조망도 조망이지만 비가 오는 날 도 손님이 많은 우리 집을 주위에선 모두 부러워한다. 지 금까지 살면서 그 고생을 다 참아 낼 수 있었던 건 우리 미 스리 때문이다. 나이 들었어도 아직 곱기만 한 우리 미스 리. 미스리는 내 아내다. 40을 넘긴 나이에도 여고생처럼 단발머리를 나풀대며 다니는 모습을 보면 꼭 깨물어 주고 싶다. 그런데 요즘 미스리 행동이 이상해졌다. 어디서 가 발을 몇 개 사 들고 와서 하루하루 바꿔 가면서 쓰고 다닌 다. 찰랑거리는 단발머리가 좋다고 제발 쓰지 말라고 해도 막무가내다. 어젠 뒤로 넘어가는 줄 알았다. 짧은 상고머 리에 뽀글뽀글한 파마머리 가발을 쓰고 어딘가 외출을 하 고 돌아오는 것이었다. 아무 말도 못 하고 쳐다보는 나는 안중에도 없는지 넋 나간 꼴을 하고 앉아 있는 모양새라 니. 머리에 꽃 하나 꽂으면 딱…. 나는 아무런 말도 하지 않 았다. 행여 우리 미스리 기분이 상할까 봐. 가발을 쓰려면 제발 잔잔한 웨이브가 들어간 우아한 긴 머리 가발을 썼으면 하고 속으로 빌 뿐이었다.

주방장 보조 도마로패가 왔다갔다 혼자 바쁘다. 단체손님 주문이 들어온 탓이다. 나는 또 몸에 습기 말릴 작정을 한다. 처음 일을 시작하는 주근깨가 일을 잘 하는지 살펴볼 틈도 없이 주방으로 직행한다. 손님이 주문한 음식 주문서를 전하고 주변 음식을 차려 내 가는 품새가 제법 자리가 잡혀 있다. 간만에 마음 놓고 일을 해 보나 보다. 주방장과 서빙 하나 빈자리가 이렇게 클 줄 몰랐다. 일을 잘 하는 직원들도 자기 구역이 아닌 부족한 부분까지 채워 가며 하려니 연신 부딪치고 좌충우돌이었다.

모자란 일손 채운 줄 아는지 단체손님이 연달아 몰려온다. 이 층으로 연결된 인터폰으로 미스리를 호출한다. 아무리 호출 벨을 눌러도 묵묵부답이다. 나는 급하게 이 층으로 뛰어 올라간다. 현관문을 열고 신발도 벗지 않은 채 이 방 저 방 열어 봐도 미스리는 보이지 않는다. 갑자기 온몸에 기운이 빠진다. 도대체 또 어딜 갔는지 모르겠다. 타는 마음에 가발 상자를 열어 본다. 또 뽀글 가발을 쓰고 나갔다. 나는 아무리 바빠도 우리 미스리를 카운터에 앉게 하지 않았다. 오가는 뭇 사내들의 눈길이 미스리에게 꽂히는 게 싫었기 때문이다. 특히 그 빤질한 주방장 칼잡이가 왔을 때는 이 층에 아주 가둬 놓고 싶었다. 그런 내 기색을 눈치 챈 미스리가 어느 날 "그렇게 날 모르겠어? 같이 살고 싶지 않을 정도로 서운하네" 하면서 눈시울을 붉히는데 정말 미안해서 죽는 줄 알았다. 그녀에게 미안하다고 말은 했지만 아직도 소녀처럼 세상 물정 모르고 여리기만한 미스리가 여러모로 걱정스럽다. 오늘은 도대체 어디를 다니는지 다잡고 캐 봐야겠다. 나는 그녀를 보면 항상 물가에 내놓은 어린아이처럼 불안하다. 종일 꺼져 있는 미스리의 핸드폰 번호를 누르느라 어떻게 장사를 했는지 모르게 하루를 보냈지만 새로 일을 시작한 주근깨를 비롯해 모두들 쉴 틈 없이 고생한 덕분에 꽤 괜찮은 매상으로 하루를 마무리했다.

가게 문을 닫고 위층으로 올라가려던 나를 도마로패가 붙든다. 오늘 새로운 직원도 오고 매상도 괜찮으니 노래방에 가서 한잔 하잔다. 나는 이 층으로 눈길을 돌린다. 불 한점 없이 깜깜하다. 속이 탄다.

내가 이 층으로 오르던 발걸음을 돌리자 모두들 가게 앞의 '아싸라비아' 노래방으로 향한다. 요즘 노래방은 뭐 그리 갖춰 놓은 게 많은지 모르겠다. 들어가기 무섭게 가발을 쓰고 빨간 고무장갑을 끼고 선글라스를 착용하면서 분장 하느라 정신들이 없다. 도마로패가 먼저 노래방 책자를 두서너 페이지 넘기면서 공부를 열심히 하더니 리모컨을 누른다. 울긋불긋 조명과 뒤섞여 남진의 '저 푸른 초원 위에'가 화면 가득 뜬다. 곧바로 시작 버튼을 누르자 풍악이 울린다. 분장이 아니라 변장을 끝낸 아달쏭(말할 때마다 내용이 알쏭달쏭해 알아듣기 어렵다고 별병이 아달쏭이다)과 쫑알이가 도마로패 뒤에 백댄서처럼 선다.

전주가 흐르자 도마로패가 양쪽 다리를 적당히 벌리고 서더니 왼손으로 마이크를 잡고 한쪽 다리를 떨며 노래 준비를 한다. 저어 푸른 초원 위에~ 첫 가사를 뱉자마자 자연스럽게 이어지는 아달쏭과 쫑알이의 후렴. 니 딸따리 내 딸따리~, 아싸라비아 꿍작꿍작~ 아이고, 저것들을 누가 말리랴. 딸따리를 끌고 출퇴근을 하길래 손님 보기도 그렇고 하니 다른 걸로 바꿔 신으라고 싫은 소리한 게 어젠데 날 들으라고 하는 건지 뭔지…. 도마로패가 한쪽으로 살짝 튕겨 반동시킨 마이크를 바로 잡아 거림 같은 집을 지꼬, 하며 가사를 잇는다. 도마로패의 노랫말에 이어지는 아달쏭과 쫑알이 춤. 손을 길게 뻗어 뒤로 돌리더니 엉덩이를 한 번 훑어 내리며 한 박자 쉬고 내뱉는 대사. "지랄하고 자빠졌네~, 아싸라비아 콜롬비아." 어찌 그리 쿵짝이 잘 맞는지. 나는 하마터면 소파 밑으로 구를 뻔했다. 때마침 입안에 털어 넣었던 맥주를 노래방 가사책에 뿜고 말았다. 쫑알이가 얼른 나와서 소매로 물기를 닦으며 "으, 드러라" 한다. 내참 오늘 사장 체면 말이 아니다. 모르긴 몰라도 자기들끼리 여러 차례 노래방을 다녀 본 모양이다. 아니면 저렇게 앞뒤 궁합이 잘 맞을 리 없다.

노래를 끝낸 도마로패가 이번엔 오늘의 주인공 주근깨를 앞으로 불러낸다. 그런데 어찌된 일인지 그녀답지 않게 자꾸 자기 자리로 돌아가 앉는다. 도마로패가 다시 끌어다 세워 놓았더니 이번에는 마이크를 잡고 몸을 새끼 꼬듯이 얽기 시작한다. 모두들 주근깨를 쳐다보며 웬일인가 싶어 말이 없다. 엉덩이를 한껏 뒤로 뺀 주근깨가 엉성한 자세를 취하더니 마이크에 대고 작은 소리로 말을 하는데 왠지 울음기가 섞여 있다.

"우리 할배 유언이요."

느닷없는 소리에 모두들 상대의 얼굴을 쳐다보며 어리
둥절하고 있다.

"세 가지 유언을 하셨는디 그 세 번찌가 술 마시고 찬바
람 씨지 마라. 둘찌 술 마시고 껌 씨부리지 마라. 유언 중에
첫찌가 술 마시고 노래허지 마라요, 노래. 근디 나가 우찌
노래를 허것소. 무덤에 누워 기시던 우리 할배가 퍼떡 일
어날 것이요. 나가 노래를 혀 불면."

다들 멀뚱하니 주근깨를 쳐다보며 "와요? 와, 술 마시고
찬바람, 껌, 글고 노래가 안 되는디요" 하고 묻는다. 그러
자 주근깨가 멀리 눈길을 돌렸다가 다시 우리를 쳐다보며
"그거이 말이요. 근디 진짜 그 이유를 모리요? 술 깽게 안
그요, 술 깽게. 기껏 마신 술 깨문 아깡께." 듣고 있던 도마
로패가 입에 머금고 있던 맥주를 길게 뿜는 것과 동시에
모두들 옆으로 쓰러지고 뒤로 자빠지고 정신없이 웃는다.
사람들이 웃거나 말거나 그 와중에 벌써 주근깨는 씨러집
니다, 씨러집니다~ 하면서 노래를 시작하고 있다. 나는 웃
음이 삐죽 나오는 걸 참으며 속으로 혼잣말을 뱉어낸다.

"지랄을 헌다. 지랄을."

"이 여편네가 정말." 내 입에서 한 번도 해 보지 않았던

말이 튀어나온다. 미스리에게 정말이지 난 이런 말을 해 본 적이 없다. 모두들 이런 나를 되놈 보듯 하는데 장사를 하면서 화가 나고 싸울 일이 생겨도 미스리 앞에서는 되도록 욕을 한다거나 몸싸움 하는 모습을 안 보이려고 노력했다. 큰소리를 내고 싶어도 차분하고 조용하게 말하는 미스리를 보면 나도 모르게 목소리가 잦아들었다. 아이 없이 살면서 우리는 큰소리 한 번 내지 않고 살아왔다. 그런데 정말 오늘은 속에 천불이 나면서 험한 욕이 절로 나온다. 새벽 한 시가 가까워 오는데 도대체 어디서 무얼 하느냐 말이다. 아무래도 무슨 일이 생긴 것 같다. 가만히 앉아 있을 수가 없어 밖으로 나가기 위해 현관문을 급하게 열자 뜻밖에 미스리가 문 앞에 서 있다. 순간 깜짝 놀라 뒤로 주춤하는데 미스리는 나를 한 번 힐끔 쳐다보더니 신발을 벗고 바로 욕실로 향한다. 참나, 기가 막힐 노릇이다. 나는 신발을 신은 채 욕실 문을 벌컥 열고 큰소리로 외친다. "도대체 너, 뭐 하…." 그녀가 샤워기를 튼 채 주저앉아 자고 있다.

아침부터 주근깨가 사람들을 모아 놓고 연설을 하는 모양이다. 걸물인 건 알았지만 온 지 며칠밖에 되지 않은 처지에 저렇게 종업원들 모아 놓고 연설을 하는 걸 보면 보통 인물은 넘는 것 같다. 나는 처음 본 사장 앞에서 또박또박 오이 따먹듯 대거리 한 게 미안하기도 하고 잘해 보겠다는 의미로 연설을 하나 보다 생각한다.

"노력을 혀야 헌다 이 말이요, 시방 내 말이… 들판을 얼쩡거리는 짐승하고 인간이 다른 거이 뭐 때문이것소. 모지란다 싶으믄 배울라고 찌웃대는 거, 이거이 사람 아니것소. 그라다 보믄 안 되든 것도 될라고 용을 안 쓰것냐 이 말이요."

모두들 숨죽이고 주근깨의 말을 진지하게 듣고 있다.

'그래그래 그렇지. 어쨌든지 잘해 보자고, 노력하자는데 사장인 나야 좋지. 암 진작 이런 분위기로 갔어야 맞는 것을.' 미스리 때문에 심란하던 차에 온 지 며칠 안 된 직원이 가게를 위해 저리 노력하는 걸 보니 왠지 기분이 좋아진다.

나는 내일부터라도 당장 일 시작하면서 저렇게 회의도 하고 모양새를 갖춰야겠다고 다짐한다. 이제 우리 식당도 예전처럼 자리를 잡으려나 보다 하고 생각하니 기분이 한결 풀어진다.

"테크니꾸, 하따, 저 얼레벌레한 나빠닥 좀 보소. 나가 영어 좀 써 분께 몬 알아묵는당께. 지술! 다 때리치어뿌랑께 그럼 뭐시냐, 싸이주? 다 소용없당께."

'오잉, 이기 뭔 소리고.'

잘해 보자고 직원들한테 연설 좀 하는 줄 알았더니 웬 사이즈?

"자고로 인간이라는 거는 평생을 배아야 하는 거랑께. 와 그걸 모리까잉. 배아 놓기만 하문이사 다 내끼 되는 거 랑께."

"그란 걸 우찌 배아요?"

도마로패다. 주방장 보조 도마로패가 가장 존경하는 인물이 발도메로 로페즌가 뭐 그렇다. 나는 처음에 이 발도메로 로페즈가 빵 찔 때 부풀리게 하는 이스트 같은 건 줄 알았다. 도마로패에 의하면 이 인물은 그 유명한 인천상륙 작전 때 맥아더 장군과 같이 인천에 왔던 해병대 중위라고 한다. 그들이 탄 배가 인천 월미도 방파제에 닿았을 때 아무도 먼저 움직이려 하지 않았는데 이 사람이 먼저 올라갔다고 한다. 그 후 적들과 대치하게 됐을 때 수류탄 공격을 하려다가 총상을 입고 수류탄을 떨어뜨렸다. 그런데 부상 때문에 수류탄을 처치할 수 없게 되자 자신의 몸으로 덮어 많은 생명을 살리고 그는 희생됐단다.

이 발도메로 로페즈의 희생이 없었다면 우째 인천상륙 작전이 성공할 수 있었겠냐며 우리는 깜장 선구라스만 기억해서는 안 되는 기라고 목이 비틀린 닭처럼 핏대를 올려 가며 이바구를 했다. 덧붙여 이 발도메로처럼 뒤에서 아무도 모르게 거룩한 일을 하고 싶다며 "나의 이 가슴이 품꼬 있는 큰 뜻을 부디 알아 달라"고 말했다. 그의 이야기를 듣고 그 당시에는 모두들 아, 하며 고개를 끄덕였는데 그 후 숨어서 거룩한 일을 하는 모습은 한 번도 보여 준 적이 없다. 오히려 무조건 제일 먼저 앞에 나서서 일을 해결하려 들었다. 그것도 주방에서 쓰던 도마를 쳐들고 나와서. 이렇게 해서 주방장 보조 이한순의 별명은 도마로패가 됐다.

식당 터가 안 좋은가 들어오는 인간들마다 어떻게 저리들 별난지 모르겠다.

"아따, 자네는 상당히 답답허구마잉. 집에 비데오 없소? 보구 기양 넘구덜 말고 배우쇼. 거서 우찌하데요? 어이고, 호랭이 물어 갈… 나가 오데꺼정 갈쳐 줘야 쓰것소. 일 보는 옆피 안즈서 꼬치를 허까? 오메, 답답시러분그."

듣다못해 내가 한마디 하려고 자리를 털고 일어나는데,
"요 앞에 봉께 '속에 천불'이라고 막걸리쩝 있습디다. 걸
로 일 시야기허고 모이쇼. 내 집중적으로 강이를 혀 줄팅
께" 하고 주근깨가 여운을 남기며 자리에서 일어난다. 술
자리 만드는 방법도 참 가지가지다.

뱁새 남편이 우리 가게에 다시 나타난 건 손님 맞을 준
비로 한창 바쁠 때였다. 모두들 그를 못마땅해하며 밖으로
쫓아내려 했는데 내가 찾아온 이유나 들어보자고 말렸다.

그동안 뱁새를 찾으려고 모든 일을 작파하고 사방으로
뛰어다녔단다. 그러다 친구와 만나기로 한 뱁새를 잡아 집
으로 데리고 오면서 백화점 가서 옷 사 입히고 다시 잘해
보자고 언약했단다. 마음 같아선 쳐 죽이고 싶었는데 자식
때문에 어쩔 수 없었다고 말하며 그는 담배를 깊게 빨아들
였다.

그런데 집에 앉혀 놓고 잠깐 나갔다 오니 뱁새는 어디
갔는지 안 보이고 칼잡이가 떡하니 안방에 앉아 있더란다.
기가 막혔지만 어쩌지 못하고 주거침입으로 신고하고 보
냈단다. 그걸 그냥 됐냐고 도마로패가 도마를 쳐들고 나와
열을 올리자 이런저런 이유 때문에 위장 이혼한 상태라 어

쩔 수가 없었단다. 한참 기다려도 뱁새가 오지 않아 알아
보니 칼잡이가 집 앞에서 기다렸다가 둘이 다시 도망갔다
고 혹시 여기 있는가 싶어 왔단다. 옷 사 주면서 다시 혼인
신고 하자고 찰떡같이 약속을 했는데 이럴 수가 있는 거냐
고 뱁새 남편이 입술을 앙다물었다. 신고를 해 놨으니 잡
히면 두 연놈을 가만두지 않겠단다. 종업원들도 다시 칼잡
이를 보게 되면 사기당한 돈을 받아 내자고 아우성이다.

　황당하기 짝이 없다. 도망간 두 사람도 그렇지만 이를
악물고 담배만 줄곧 피워 대는 뱁새 남편도 이해 못 할 인
간이다. 뱁새 인물이나 행동거지를 보면 열 트럭을 공짜로
준다 해도 트럭만 갖고 버릴 것 같은데 그래도 좋다고 두
남자가 목을 매니 남녀 관계는 둘 아니면 아무도 알 수 없
는 일이란 말이 맞긴 맞나 보다.

　하긴 나도 미스리를 만난 게 이 횟집에서였다. 숙식이
해결되는 집을 찾던 내게 가게를 도맡아 관리해 줄 사람을
구하던 정다운 횟집은 적격이었다. 아무리 취해도 정시에
일어나 가게 일을 보는 나를 그녀의 아버지는 믿음직스러
워했다. 사람들에게 우리 집 보배라고 나를 소개했고 사람
들도 내게 칭찬을 아끼지 않았다. 미스리는 정다운 횟집

주인 딸이었다. 그녀가 예쁘장한 얼굴에 묘한 향을 풍기며 가게를 한 번 휩쓸고 지나가면 나는 피곤한 몸으로 꼬박 밤을 새우곤 했다. 그녀는 내가 자기를 쳐다보는 걸 아는지 모르는지 가끔 읽어 보라며 책을 주기도 하고 아이스크림이나 빵을 사서 야식으로 내게 건네주곤 했다. 그녀가 치마를 살랑거리며 나타나면 나는 혼이 쏙 빠져나가는 것 같았다. 아무 대책도 없이 그녀를 바라보는 내 자신이 밉다가 나중엔 그녀까지 미워지려 했다. 그러던 어느 날 가게 앞 골목에서 그녀가 어떤 남자와 부둥켜안고 키스하는 모습을 봤다. 죽고 싶었다. 사는 게 지옥이란 말을 그때 실감했다. 짐을 싸서 가게를 떠나야겠다고 결심했는데 그녀를 하루라도 못 보면 정말 그대로 죽을 것 같았다. 그래서 다른 남자를 사랑하는 그녀를 그냥 쳐다보기만 하자 생각했다. 한동안 분홍빛으로 달떠 있던 그녀 얼굴에 그늘이 내리기 시작한 건 백 년 같은 시간이 지난 후였다. 적어도 그 6개월이 내겐 그렇게 느껴졌다.

　어느 날 술에 취해 가게 앞 골목에 주저앉아 있는 그녀를 업어 방에 뉘였는데 날 부둥켜안고 서럽게 울었다. 그녀를 안고 나도 울었다. 아픈 그녀를 바라보는 내 가슴이 찢어질 것 같았다. 그 당시 내게 유일한 벗이 술이었다. 가게 일을 마치면 항상 술에 취해야 잠을 이룰 수 있었다. 그날도 술에 취해 잠이 들었는데 그녀가 꿀물을 타서 내 방으로 들어왔다. 꿈처럼 미스리는 그렇게 내 여자가 됐다. 엄청난 반대를 하던 장인과 장모도 딸이 죽고 못 산다니 별수 없이 결혼을 허락했다. 결혼하던 다음 해에 장인과 장모가 함께 교통사고로 세상을 떠나고 혼자 남은 그녀는 오로지 나만을 의지하며 살았다. 사고무친인 나 또한 의지할 사람은 그녀밖에 없었다. 그때 부르던 미스리라는 호칭이 지금까지 이어진 것처럼 처음 그녀를 만났을 때 가졌던 내 마음은 지금도 변함없다.

동네에 소문이 나돌고 있었던가. 주방에서 말 많은 쫑알이가 주근깨에게 소곤대는 소리가 들린다. 생전 외출이라곤 모르던 미스리가 늦게까지 돌아다니다 들어오는 걸 두고 주위에서 말이 많은 모양이다. 긴 머리로 어딜 나갔다가 그다음 날 짧은 머리로 나타나자 나한테 머리카락을 다 잘렸다는 소문까지 돌고 있다니 어이가 없다. 조용히 듣고 있던 주근깨가 "호랭이가 물어 갈 년아, 시끄럽게 씨부리고 댕기지 말고 조용히 있어라잉" 하며 종주먹을 들이댄다. 참 내, 다 듣고 나서 통박은 왜 하는지 모르겠네, 하며 둘이 옥신각신하는 소리까지 듣고 나자 아, 정말 사는 게 무슨 영화 시나리오 같다는 생각이 든다. 하루하루가 살얼음판이다. 담배연기가 저 멀리 붉게 타는 노을빛에 섞여 든다.

어쩐 일인지 그동안 손에 좀 익었다 싶은 일이 영 아귀가 들어맞지 않는다. 덩달아 주방보조 도마로패까지 짜증이 나는지 일하는 게 시큰둥하다. 밀려들던 손님들은 차분하지 못한 분위기를 눈치챘는지 다시 나가고 그나마 기다리던 손님들도 왜 이리 늦냐며 성화다. 서두른다고 하는데도 평소의 반밖에 속도가 나지 않는다. 그나마 회 뜬 고기는 두 접시 나올 양이 한 접시로 끝이다. 보다 못한 주근깨가 팔을 걷어붙이고 주방으로 들어오더니 칼자루를 뺏는다. 생선의 머리를 잘라내고 윗몸을 누른 후 반으로 나누는 폼이 제법이다. 위아래로 나뉜 생선의 핏기를 거둬 내고 얍실얍실 회를 떠내는 데는 그다지 많은 시간이 걸리지 않는다. 입만 건 줄 알았더니 손까지 걸판진 여자다.

주근깨에게 주방을 맡기고 실내 서빙을 돕고 있는데 오늘따라 전화는 왜 이리 많이 오는지 모르겠다. 계속 울려 대던 전화기 벨을 잡자마자 끊어진다. 잠시 후 다시 울린 송수화기를 들자 정다운 식당이냐고 물어오는 목소리에 잔뜩 짜증이 묻어 있다. 어디냐고 물으니 경찰서란다. 안 그래도 화가 나 있던 차에 불친절한 전화를 받고 나니 속이 확 끓어오른다. 나는 아, 민중의 지팡이 노릇을 하는 경찰관이 이래도 되냐며 지금이 어느 땐데 그렇게 불친절하냐고 따졌다. 그랬더니 금세 죄송하다며 급해서 그러니 감동신 씨를 바꿔 달란다. 경찰관에게 내 이름이 불리자 갑자기 잘못한 것도 없는데 가슴이 덜컥 내려앉는다.

더운 날씨에 땀 빼며 일한 데다 그 소동을 치르고 나니 기운이 다 빠진다. 아니 그래서 기운이 없는 게 아니라 드잡이 하는 중에 칼잡이가 했던 말이 내내 마음에 남아 정신을 차릴 수가 없다. 칼잡이가 잡혔다는 말을 듣고 종업원들이 너 나 할 것 없이 모두 경찰서로 찾아가고 뱁새 남편까지 가세해 한바탕 소동이 벌어졌다.

"피해자 피해자 하는데 따지고 보면 나도 피해자야, 이거 왜 이래. 치마 두른 것들이 빤스 벗고 덤비는데 싫타할 놈 있으면 함 나와 보라 하지 엉."

경찰이 공무집행방해죄로 모두 다 입건시키겠다고 하는

데도 멈추지 않는 멱살잡이 끝에 칼잡이가 내뱉은 말이었다. 치마 두른 것들… 치마 두른 것들이라면 미스리까지 포함되는 것 아닌가 말이다. 환장할 노릇이다. 그래서 미스리는 그렇게… 그놈을 찾아서 밤낮을 헤매고 다녔던 것인가.

밥맛도 없고 일도 하기 싫다. 딱 누운 이 상태 그대로 죽었으면 원이 없겠다. 이 층에서 꼼짝 않는 나를 찾으러 종업원들이 차례로 오르락내리락한다.

"또 뭘 줬드노?" 내 말에 미스리가 고개를 번쩍 들더니 나를 쳐다봤다. "뭘 또 줬냐니, 그게 무슨 말인데? 돈도 준 게 아니라 빌려 준 거야. 이야길 들어보니 하도 딱해서"라고 말하는 미스리 눈언저리에 눈물이 맺혔다. 2년 동안 나 몰래 들었던 삼천만 원짜리 적금을 모두 털어 칼잡이에게 줬다는 말을 듣는 순간 머리꼭지가 팽 도는 것 같았다. 돈은 아무 문제도 되지 않았다. 그다지 궁색하지 않은 살림에 삼천만 원쯤 없어졌다고 그렇게 가발까지 쓰고 그놈을 찾아다닐 일이 아니었다. 그 무엇인가가 또 있는 것이 틀림없다. 그 쳐죽일 놈 말이 맞구나. 너도 얼굴 빤드르르한 그놈한테 줄 것 안 줄 것 다 줬구나 생각하니 시멘트벽에 머리를 쳐서 죽고 싶었다.

사흘째 일 층엘 내려가지 않자 주근깨가 올라온다. “이보쇼 사장, 나 좀 보더라고잉” 하며 방으로 들어오는 걸 본 나는 돌아누워 버린다. “하따 그렇게 안 봤는디 엄청 쪼잔시럽소잉, 치녀 보기 딱혀 죽것둥만, 이삔 얼굴이 반쪽이 됐습디여안.” 주근깨는 들어온 첫날부터 “딸린 새끼 없응께 치녀지 뭐당가” 하며 그녀를 처녀라고 부른다.

“사람이 살다 보면 이런 일 저런 일 다 겪게 됩디다. 모질게 바람 맞고 큰 나무가 오래 가고 튼튼 안 협디여. 싸게 털고 일어나뿌쇼. 다들 지둘리요.”

여기저기 흩어진 신문지며 옷가지를 부스럭부스럭 한쪽으로 치우며 주근깨가 다시 말을 잇는다.

“글고 애먼 사람 의심혀서 니나 내나 속 시끄럽게 허덜 마쇼. 나가 볼 찌게는 아무 일도 없었응께. 그 머시냐 설사 무신 일이 있었다 카드라도 모른치끼 넘어가쇼. 다 내 공덕으로 돌아오요.”

돌아누워 주근깨 말을 듣고 있던 나는 벌떡 일어나 “아, 이 여편네가 불난 집에 선풍기 돌리나 엉. 뭐라 씨부리쌌노, 나가 뿌라 마” 하고 소리소리 지른다. 주근깨는 내 큰

소리는 아랑곳없이 자기 하고 싶은 말만 슬렁슬렁 책장 넘기듯 한다. "암시랑 안 헌 일을 긁어 부시럼 맹글지 마쇼. 결혼혀서 지금꺼정 딴 지집 품으로만 돌다가 온 놈도 있응게. 생각혀 보문 그기 머시다요. 앙껏도 아니요. 죽으문 썩어질 몸. 앙달앙달허지 마쇼."

도대체 뭐 하자는 수작인지 주근깨 말을 듣고 있자니 속에서 천불이 더 난다. 내 기분을 아는지 모르는지 "그려도 고로코럼 뙤작뙤작 허는 걸 봉께 아직 청춘인 갑소잉. 얼릉 내려오쇼. 그러다 치녀 진짜 도망가 불먼 우찌코럼 살라고 그러까잉. 그라고 새로 주방장 헌다고 민접 보러 온다요. 싸게 싸게 내려오쇼잉" 하며 주근깨가 몸을 일으킨다.

이리저리 몸을 뒤채도 잠은 안 오고 오래 누워 있었더니 허리가 아파 죽을 지경이다. 나는 슬그머니 일어나 아래층 동정을 살핀다. 북적북적해야 할 저녁 시간에 이상하리만치 조용하다. 그새 손님들이 다른 집으로 다 발길을 옮긴 것인가. 안 좋은 소문이 돈다더니 주변에서 일부러 그런 소문을 퍼트렸을 수도 있다. 하기야 주인이 나 몰라라 하는 가게를 종업원들이 살뜰하게 돌보지도 않을 것이고, 이

러다 문 닫게 되는 거 아닌가 하는 걱정까지 슬며시 밀려
온다.

아래층으로 내려가자 주근깨가 그 까무잡잡한 얼굴에
흰 이를 드러내며 벙그레 웃는다. 나는 큼큼 몇 번 기침을
하고 난 후 카운터에 앉아 있는 미스리를 쳐다본다. 나와
눈이 마주치자 새치름히 눈을 뜬 미스리가 이내 고개를 돌
려 버린다. 억울하고 답답할 때 짓는 미스리의 숨기지 못
하는 표정이다. 그런 모습을 보자 나는 슬쩍 미안한 생각
이 든다. 도마로패가 어정쩡하게 서 있는 내 앞으로 오더
니 슬쩍 "사장님, 오늘 면접 보러 오는 주방장 웬만하면 쓰
고 사모님이랑 며칠 여행이라도 다녀오세요" 한다. 나는
아무 말도 안 하고 식탁 위에 올려진 신문을 펴들고 면접
은 언제 온다고 헙디까? 하고 주근깨를 향해 묻는다. "쪼
깨만 지둘리문 올 것이요. 나가 올라갔씰 때 한 30분 걸린
다고 혔응께" 한다.

속 시끄러운 내용만 잔뜩 실린 신문을 몇 번 이리저리
자반 뒤집듯 뒤적이고 있을 때 문 앞에 걸어 놓은 풍경이
뎅뎅하며 청아한 종소리를 낸다. 종소리가 채 잦아들기도
전에 사내 하나가 내 앞으로 뚜벅뚜벅 걸어오더니 "저, 사

장님 안 계십니까? 면접 보러 온 사람입니다" 하고 말한다. 모두들 반듯한 목소리의 주인공에게 눈을 돌리다 입을 쩍 벌리고 할 말을 잃어버린다.

키는 훌쩍 커서 180은 족히 돼 보이고 오뚝한 콧날이 그리스 조각상을 연상시킨다. 세련되게 차려입은 옷차림 또한 텔레비전에서 본 모델을 연상시킨다. 젠장, 이 또 무슨 경을 치려고…. 나는 자리에서 벌떡 일어나 "아, 잘못 오셨네요. 옆집으로 가 보십시오. 이 가게는 며칠 있다 문을 닫을 겁니다. 오늘도 장사를 안 하고 마지막 정리를 하고 있던 참입니다" 하고 급하게 말한다. 남자는 여기저기 가게 안을 둘러보더니 고개를 갸웃거리며 "실례했습니다" 하며 나간다. 남자가 나가고 나자 모두들 내 앞으로 몰려들어 키득키득거리며 웃는다. 나는 "아, 왜 웃고들 난리야, 오늘 문 닫아. '속에 천불'로 가서 김 여사 강의나 듣게" 하며 자리를 털고 일어난다. 쫑알이의 "사장님, 솥뚜껑… 솥뚜껑 맞지요?" 하며 깐죽대는 소리가 뒤통수를 따라온다.

불온한 식탁에 놓인
결핍과 욕망의 레시피

정태규(소설가)

나여경 작가!

첫 창작집 『불온한 식탁』의 출간을 축하합니다. 또한 부실한 글 솜씨의 소유자에게 이렇게 첫 창작집 해설을 맡겨 준 데 대해 쑥스러움과 함께 영광된 마음을 전합니다. 사실, 출판사와 나 작가로부터 작품집 해설을 써 달라는 부탁을 받고 적이 당황했었습니다. 이런 유의 글을 써 본 적도 없거니와, 작품을 정확히 읽어 내는 능력에 자신이 없었기 때문이기도 했습니다. 그럼에도 이에 응한 것은 평소

나 작가의 작품을 눈여겨보아 왔던 터이고 같은 작가로서 일독의 소회를 소박하게 밝히는 것도 그리 큰 흉은 되지 않겠다 싶어서였습니다. 해설을 나 작가에게 보내는 편지 형식으로 쓰게 된 것도 그런 가벼운 마음으로 읽어 달라는 의도의 표현입니다. 그럼에도 불구하고 훌륭한 작품집의 말미를 잡문으로 어지럽히지 않을까 하는 염려는 여전히 남습니다.

나 작가의 첫 창작집에 실린 단편 일곱 작품들을 매우 흥미롭게 읽었습니다. 또한 아프게도 읽었습니다. 작품들이 모두 흥미로우면서도 갈피갈피마다 숨겨진 상처들이 예사롭지 않은 고통을 불러일으켰습니다. 그 고통을 통해, 나 작가의 삶에 대한 이해의 깊이를 읽을 수 있어 아프면서도 좋았습니다.

무슨 이야기부터 할까요. 어둡고 아픈 이야기보다 흥미롭고 재미난 이야기부터 해 봅시다. 흥미롭다거나 재미있다는 것은 대단히 주관적인 인상에 불과할 수도 있지만 나 작가의 소설들은 확실히 재미있게 읽히는 요인을 갖추고 있습니다. 품격을 잃지 않으면서 이야기를 재미있게 풀어 나가는 역량이 작가 나여경의 특장이자 미덕이라고 한다면 낯간지러울까요.

　나 작가의 소설이 재미있게 다가오는 요인으로는 우선 든든한 서사성을 담보하고 있다는 점을 들 수 있겠지요. 여성 특유의 내성적이고 감성적인 문체를 견지하면서도 뚜렷한 사건성이 구조적 의미망을 역동적으로 엮어내고 있다는 것이지요. 이는 「더미의 변명」, 「돈크라이」, 「정오의 붉은 꽃」, 「즐거운 인생」 등 거의 모든 작품에서 일관되게 확인할 수 있는 바입니다.

　「더미의 변명」을 처음 발표 지면을 통해서 읽었을 때 의아해했던 기억이 있습니다. 그땐 나 작가를 개인적으로 잘 알지 못하는 상태였으므로, 도박장에서 일어나는 사건을 박진감 넘치게 묘사해 낸 그 작품의 작가가 여성이란 사실이 쉽게 믿어지지 않았기 때문이었지요. 혹시 다른 남성 작가와 이름이 바뀌었나 해서 다시 확인해 보았지만 작가는 분명 지극히 여성적인 이름인 나·여·경으로 되어 있더군요.

　곰이 뜬 건 그때였다. 멀리서 헤드라이트 빛이 보였다. 곰이다, 외치는 함성과 급히 뛰는 구둣발 소리, 냄새를 맡은 우리 애들이 대문을 걸어 잠그는 소리가 뒤섞여 들렸다. 나는 집 뒤로 달렸다. 예상대로 비상문이 열리고 범털 형님이 호위를 받으며 뛰어나왔다. 우선 범털 형님을 차에 태워 보낸 후 다른 보살들을 위해 비상문을 열었다. 이미 마당으로 진입한 두 명의 곰이 보였다. 어쩔 수 없이 그들과 맞설 수밖에 없었다. 나를 보자 순간 멈칫하던 한 명의 곰이 먼저 주먹을 날렸다. 급히 고개를 옆으로 피하며 발을 올려 곰의 옆구리를 강타했다. 짧은 신음과 함께 중심을 잃은 곰을 발로 차 넘어뜨렸다. 몸을 돌려 뛰려는 내 등으로 불구덩이 쏟아진 듯 통증이 느껴졌다. 곰이 내 등을 향해 내려친 각목이 반 토막 나며 멀리 튀어 달아났다. 몸을 낮췄다가 나를 향해 다가오는 곰의 복부를 구둣 발로 찍었으나 헛발질이었다. 중심을 잃고 쓰러진 내게 곰이 다가왔다. 급한 대로 돌을 주워 던졌다. 이마를 움켜 진 곰의 손가락 사이로 흐르는 피가 보였다. —「더미의 변명」에서

이처럼 주먹이 오가며 각목이 난무하고 피가 튀는 내용의 상상력을 발휘한 작가가 여성이란 사실을 어느 누가 쉽

222

게 믿을 수 있겠습니까. 이런 상상력이 남성 작가의 전유물이란 이야기는 아닙니다. 어디까지나 작가의 취향이나 성향의 문제이겠지요. 단지 다른 여성 작가들의 작품에서 쉽게 발견되지 않는 나 작가의 독특성이랄 수 있을 것입니다. 더구나 나 작가의 사건 지향적 글쓰기는 이러한 장면적인 범위에 국한되지 않아 보입니다. 이런 장면들이 연쇄되면서 작품의 전체 구조를 통해 사랑과 배신과 환멸 등의 풍부한 서사성을 획득하게 되는 것으로 보입니다.

사정은 여타의 작품에서도 같습니다. 부동산 사기업자들의 사무실을 배경으로 펼쳐지는 갈등관계를 그리고 있는 「돈크라이」의 다소 거친 톤의 서사, 개 교배 전문가의 사랑의 문제를 피력한 「정오의 붉은 꽃」의 파격적인 서사, 횟집에서 일어나는 일대 소동을 그리고 있는 「즐거운 인생」의 유쾌하면서도 씁쓸한 서사 등은 나 작가의 상상력의 진폭이 매우 크고 선이 굵은 울림을 지니고 있음을 잘 보여 주고 있습니다. 이 큰 진폭과 굵은 울림이 '재미있는 소설'의 힘으로 작용하고 있는 게 아닐는지요.

이런 사건 지향의 글쓰기가 혹 내밀하고 깊이 있는 감수성의 부족에서 오는 것이 아닌가 하는 오해를 불러올지도 모르겠습니다. 그러나 그런 오해는 등단작인 「금요일의 썸머타임」이나 「태풍을 기르는 방법」에서 확인할 수 있는 매우 섬세하고 고운 감성의 결을 함유한 내성적인 성향을 간과하는 데서 오는 것이라 생각되므로 크게 염려할 것은 아니라고 봅니다.

여기서 다시 생각해 볼 것은 화자의 문제 같습니다. 나 작가는 여성이면서 특이하게도 남성 화자를 선호하고 있는 듯합니다. 일곱 작품 중 네 편의 소설이 화자가 남성으로 설정되어 있으니까요. 그리고 남성 화자가 등장하는 소설에서는 서사성이 강하게 부각되는 반면에 여성 화자의 작품에서는 내성적인 성향이 강하게 드러납니다. 이는 화자의 성격과 성향을 매우 충실하게 작품에 반영하고 있음을 말해 준다고 할 수 있겠지요. 일곱 작품 모두 일관되게 일인칭 화자를 설정하고 있음에도 불구하고 각각의 작품에서 일인칭 '나'의 성격이 뚜렷한 변주를 보이며 개성화되고 있다는 것입니다.

이것을 일종의 '되기'의 개념으로 보고, 여성 작가의 남성 화자 '되기'라고 볼 수 없을까요. 들뢰즈가 그런 말을 했던가요. 존재는 늘 일정한 존재 방식을 흘러 넘쳐 다른 삶, 다른 존재 방식, 지금의 '나'를 규정하고 있는 울타리 바깥을 꿈꾸게 한다고. 또한 내가 속해 있고, 내가 나로서 존재하고 있는 배치를 바꾸고 싶은 욕망, 그 욕망은 인간의 삶을 지탱해 주는 생명의 불꽃과 같은 것이라고. 다른 삶으로의, 바깥으로의 이행을 들뢰즈는 '되기'라고 불렀지요. '되기'는 말하자면, 주어진 존재 상태의 관성이나 타성을 벗어나 새로운 삶의 방향을 지향하는 것이라고 할 수 있겠지요.

화자의 문제로 너무 거창한 이야기를 끄집어내는 듯하지만, 나 작가의 남성 화자 '되기'는 변이와 창조, 새로운 것의 탐색과 실험을 추구하는 상상력의 발현이랄 수도 있겠습니다. 새로운 존재 방식, 새로운 감응을 향해 열린 '탈주선'을 나 작가는 새로운 화자의 '되기'를 통해 그리고 있지나 않은지요. 아니면 나 작가가 여성으로서의 존재 방식에 어지간히 싫증이 났나 봅니다.(이건 농담입니다.)

물론 작가는 각각의 작품에서 성격이 다른 화자를 설정하는 것이 당연하지요. 그러나 작품집으로 묶어 놓고 읽어 보면 각 화자의 성격과 어조가 어딘가 닮아 있다는 느낌을 주는 경우가 많습니다만, 나 작가의 소설 속 화자들은 다양한 스펙트럼을 형성하며 보다 분명한 변별적 성격을 드러내고 있다는 것이지요. 이게 정말 같은 작가가 쓴 작품이 맞느냐고 할 정도로 그 스펙트럼의 범위는 폭넓게 변주되고 있습니다. 이러한 화자의 다양한 변주를 확인하는 것 또한 나 작가의 작품을 읽는 즐거움 중의 하나일 것입니다.

나 작가의 소설이 재미있게 읽히는 또 다른 이유는 뭘까요. 그건 아마 독특한 소재 때문일 것입니다. 나 작가가 다루는 배경이나 소재는 보통 사람들이 쉽게 접할 수 없는 세계에 속한 것이 많습니다. 불법 도박장, 사기 매매를 전문으로 하는 부동산 사무실, 개 교배 전문가의 세계, 바텐더를 하는 여성, 쥐가 출현하는 공장에서의 삶, 횟집 주인 이야기 등 어느 것 하나 범상한 것이 없습니다.

이러한 소재들은 여간해선 다루기 힘든 특수한 것들이지요. 나 작가는 도대체 어디에서 이런 소재를 취재해 오는지요. 참 신기할 따름입니다. 「정오의 붉은 꽃」의 개 교배 전문가 이야기에 이르면 할 말이 없을 지경입니다. 이것은 소재주의의 위험성을 내포하고 있다고 하더라도 우선 그 취재력에 후한 점수를 줄 수밖에 없을 듯합니다. 주위의 모든 정보를 소설 쓰기와 연결시켜 생각하는 평소 나 작가의 소설에 대한 열정의 산물이기도 할 터이기 때문이지요. 또한 평소 호기심이 많은 나 작가의 성격과 무관하지 않을 듯싶은데…, 맞나요? 새로운 이야기를 위해서라면 발품 팔기를 마다하지 않는 부지런한 성격도 관계 깊을 듯합니다.

그러나 나 작가의 소설이 소재가 가지는 그런 신이성(新異性)에만 기대고 있다면 재미는 크게 반감되고 말았을 것입니다. 나 작가의 소설들은 재료의 독특성에만 머물지 않고 그 소재들을 잘 가공하여 인물의 성격과 사건의 역동적 구성 속에 잘 녹아들게 하고 있습니다. 그리하여 나름의 깊이 있는 의미망을 형성하는 데 성공하고 있다는 것이지요. 다시 말해, 소재의 신이성이 사회의 아웃사이더들인 인물의 성격과 조화를 잘 이루어 소외와 비행, 환멸이라는 삶의 기미를 잘 포착해 내고 있다는 것입니다. 그런 면에 있어서 나 작가는 생경한 재료를 다듬어 훌륭한 맛을 낼 줄 아는 능숙한 요리사라고 할 수 있겠습니다. 어떤 독특한 재료를 가져와 이번에는 어떤 레시피로 어떤 요리를 만들어 낼 것인가를 지켜보는 것도 나 작가의 작품을 읽는 재미일 것입니다.

나 작가의 소설은 흥미롭지만 어둡고 아픕니다. 이 어둡고 아픈 이야기가 나 작가의 작품세계의 본령일 것입니다. 이제 그 아픈 상처에 대해서 이야기해 볼까요.

소설이란 에덴동산, 혹은 선험적 고향을 잃어버린 인간이 그것을 되찾기 위한 헛된 몸짓의 서사라고 했던 게 루카치였던가요. 돌아갈 수 없다는 사실을 알면서도 상실의 결핍감 때문에 인간은 에덴동산을 다시금 욕망한다고 합니다. 이 결핍과 욕망 사이에 인간의 삶이 가로질러 누워 있습니다. 나 작가의 소설 세계도 이 결핍과 욕망 사이에 걸려 있는 듯합니다.

나 작가의 소설이 지닌 그 어두운 아픔은 대부분 유년의 트라우마에 기인하고 있는 듯하군요. 특히 부모에 관한 상처는 나 작가의 소설을 일관되게 관통하고 있는 주제라 보입니다. 대부분의 작품에서 비정상적인 부모의 모습과 그로 인해 훼손되거나 결손된 가정이 등장하고 있습니다. 이것은 집요하다 싶을 만큼 반복되어 나타나는 모티프인데요, 특히 아버지가 부재하거나 정신적, 혹은 육체적인 장애를 가진 부정적인 인물로 설정되어 있군요. 그런 아버지 때문에 어머니는 심한 고생을 감수하거나 가정을 떠나지요. 「더미의 변명」에서 아버지는 일찍 세상을 떠나 부재하고, 돈을 벌기 위해 나를 외갓집에 맡기고 떠났던 어머니는 내 곁으로 돌아온 지 6개월 만에 교통사고로 목숨을 잃고 맙니다. 「금요일의 썸머타임」의 아버지는 육체적으로는 말더듬이 장애를 가지고 있으며 정신적으로는 자태 고운 어머니가 다른 남자를 볼 것이라는 강박증을 가지고 있는 인물이지요. 그런 아버지로부터 감금당하고 핍박 받으며 어머니는 생선 가게를 운영하여 가족을 실질적으로 부양합니다.

가족과 함께 단란한 일요일을 보내고 일터로 나가는 사람들. 아버지는 월요일에 다른 날보다 술을 많이 마셨다. 그러고는 엄마에게 패악을 부렸다. —중략— 설핏 닫힌 방문으로 보이는 방 안엔 아버지가 막걸리와 신 김치를 앞에 놓고 술을 마시고 있었다. 색종이가 없어 학교에 가지 못한 나는 입가에 막걸리 자국을 남기고 잠든 아버지를 보았다. 월요일이 싫고 아버지가 미웠다. 일터가 없던 아버지는 자신의 무기력함을, 뜻대로 되지 않는 삶을 술 먹고 엄마에게 패악을 부리는 것으로 달래고 싶었던 것일까?

「돈크라이」에서도 이 점이 반복되고 있군요. 주인공 '나'는 '엄마 없는 아이'로 자랍니다. '술을 마시고 갖은 패악을 부리던 아버지에게 질려 엄마가 떠났기' 때문이지요. 엄마의 부재는 어린 '나'에게 상처로 남습니다. '나를 버리고 집을 나갔던' 아버지는 현재 알코올 중독성 기억상실증에 걸려 요양원에 누워 있습니다. 「태풍을 기르는 방법」에서도 아버지는 병들어 '항상 자리에 누워 있던' 모습만 보이다 죽고 말지요. 어머니는 아버지의 친구인 황씨 아저씨와 내연관계의 개연성을 보이고 있습니다. 「정오의 붉은 꽃」에서도 '나'는 할머니와 단둘이 가난하게 살아가는 인물로 그려집니다. 「쥐의 성」의 아버지도 '술을 마시고 큰소리치며 엄마를 힘들게 했던 아버지'로 나옵니다. 새로 데려온 여자의 배신행위로 인해 결국 아버지는 저수지에 몸을 던지는 것으로 생을 마감합니다. 「즐거운 인생」의 주인공 '나'도 '사고무친이며 또한 의지할 사람이 없는' 인물이지요.

이처럼 나 작가의 소설에 일관되게 나타나는 결손되거

나 훼손된 부모의 부부관계는 주인공에게 극복하기 어려운 트라우마로 작용하고 있습니다. 주인공들은 부모 세대의 그런 비정상적인 애정 관계를 결코 자기는 되풀이하지 않겠다는 거의 강박에 가까운 의식을 보여 줍니다. 그러면서도 결핍된 모성과 부성에 대한 어쩔 수 없는 지향성을 가지게 되지요. '나'의 현재 애정관계는 대부분 이런 지향성을 바탕으로 형성된 것입니다. 따라서 현재 내가 만나는 여자나 남자는 그런 결핍을 채워 줄 대상으로서의 존재입니다.

「더미의 변명」의 '나'는 '백조'에게서 '젖 냄새'를 느낍니다. 그녀에게서 풍기는 '환장할 젖 냄새'는 모성 결핍의 기표로서 채워지지 않는 모성을 자극하면서 유년의 기억으로 인도하는 프루스트 현상을 초래합니다.

"너에게서 젖 냄새가 나."
"젖 냄새?"
그녀가 나를 바라보며 깔깔 소리 내어 웃는다. 그녀의 입김에 촛농을 밟고 서 있던 촛불이 휘청 허리를 꺾고 뒤로 넘어졌다 일어난다. 마치 그녀를 따라 웃는 듯하다.

"혹시 어렸을 때 어머니와 많이 떨어져 지냈어?"

맥주를 한 모금 입에 머금던 나는 사레가 걸린 듯 다 삼키지 못하고 쿨룩거리고 만다. 그녀가 화장지 두 장을 뽑아 내 입가를 닦아 주며 조용히 말한다.

"내게서 젖 냄새가 나는 게 아니라 아마, 니 기억 속에서 나는 걸 거야."

"기억 속?"

나는 몸을 돌리고 그녀를 바라본다. 무릎을 끌어당겨 그 위에 머리를 올린 그녀가 잠시 생각에 잠기는 듯하다.

"그걸 프루스트 현상이라고 한대."

「금요일의 썸머타임」에서 '그'는 모성과 부성을 동시에 느끼게 하는 대체물로 나타납니다. '나'는 그에게서 행복했던 시절의 아버지를 느끼는 동시에 어머니의 모성도 느끼고 있는 것이지요. 그의 등에 업혀 '어린 시절 아버지 등처럼 따스하다고 느끼는 순간'을 경험하기도 하고, '엄마 등에 얼굴을 묻고 겨드랑이 사이로 손을 뻗어 몰랑몰랑한 엄마 젖'을 만지는 유년을 느끼기도 합니다.

「돈크라이」에서 '내'가 '성경'을 특별한 여자로 생각하게 되는 것 역시 '성경'에게서 모성을 느끼기 때문이지요.

　술병이 거의 바닥을 보일 때쯤 여자가 시선을 의식했는지 내 쪽으로 고개를 돌렸는데 눈에 눈물이 그렁그렁했다. 순간 엄마가 떠올랐다. 금방이라도 흘러내릴 듯 항상 눈에 눈물을 머금고 있던 여자. 내가 기억하는 엄마의 모습이었다. 나도 모르게 가슴이 먹먹해져 왔다.

　「태풍을 기르는 방법」에서의 남편 역시 결핍된 부성의 대리충족 대상으로 설정되어 있습니다. '항상 자리에 누워 있던 아버지와 달리 건강한 그의 모습이 보기 좋았던' 것입니다.
　「정오의 붉은 꽃」에서 '수경'도 모성적 이미지를 지니고 있음은 물론입니다.

　건강하고 따뜻했던 예전의 그녀의 모습으로 돌아올 것 같다. 건강해진 수경이 몰랑몰랑한 젖을 엄마처럼 물리고 품에 안아 줄 것 같다.

유년시절에 결핍된 모성이나 부성에 대한 '나' 의 지향
성은 이렇게 집요하고 집착적으로 나타나고 있습니다. 그
런 집요성과 집착성은 결국 그 지향성마저 순수성을 잃고
있음을 전제하고 있습니다. 다시 말해, 대상을 완전한 독
립적인 인간 그대로 받아들이지 못하고 다른 대상의 모습
을 덧씌워 받아들이고 있는 '나' 의 의식은 곧 그 관계의
파탄을 내재하고 있다고 볼 수 있는 것이지요.

'나' 는 언제나 모성과 부성이 충족된 애정관계, 부부관계
를 꿈꾸거나 완전한 가정을 소망하고 지향하고 있습니다.

가족이라는 이름으로 묶인 그들 속에 섞일 수 없었던
나는 빨리 자라고 싶었다. 그래서 내 가족을 만들고 싶었
다. 백조, 그녀를 만나는 순간 이 여자라면 내 평생을 바
쳐도 아깝지 않을 것 같다는 생각이 들었다. ―「더미의
변명」

'내' 가 꿈꾸는 것은 '썸머타임' 의 노래가사가 상징하고
있듯이 '물고기가 뛰고, 목화는 높이 자라고, 아빠는 풍족
하고 엄마는 미인' 인 세계, 「돈크라이」의 가사처럼 '걱정

없고 행복한' 세계, 「태풍을 기르는 방법」에서처럼 '장미 향' 이 가득한 세계, '태풍의 몸부림이 잦아 든 자리에' 뜨게 될 무지개의 세계, 알베니즈의 '전설' 이 울려 퍼지는 세계, 즉 유토피아이고 에덴동산이고 고향입니다. 그런 유토피아를 '나' 는 소망하고 꿈꿉니다. 아니 욕망합니다.

이것을 라캉 식으로 말하자면 '상상계' 의 한계에 속합니다. 라캉에 의하면 유아는 타자와 자기를 동일시한다고 합니다. 특히 어머니와 동일시가 빈번히 일어나는데요, 어머니의 욕망을 자신의 욕망과 동일시한다는군요. 완전한 가정을 꿈꾸는 어머니의 욕망은 어느덧 '나' 의 욕망이 되어 있습니다. 이러한 단계에서는 비활동성 혹은 고착이 특징적인데, 환상의 단계에 머물러 있거나, 자신과 타자의 욕망을 구별하지 못하기 때문에 '타자의식' 이 전혀 없다고 합니다. 이런 '오인' 으로 인해 새로이 찾게 되는 욕망의 대상에게서도 같은 증상을 느끼게 되는 것이지요. 즉 자신과 대상의 욕망을 동일시키고 그 대상이 자신의 욕망을 충족시켜 주리라 믿습니다. 「더미의 변명」의 '백조' , 「금요일의 썸머타임」의 '그' , 「돈크라이」의 '성경' , 「정오의 붉은 꽃」의 '수경' 등이 바로 그 대상이 됩니다. 그들이 주체인 ‘나’의 결핍을 완전히 채워 줄 것이라고 믿고 있는 것이지요. 그러나 그 대상을 얻어도 욕망은 채워지지 않습니다. 내 욕망의 실재라고 느꼈던 그 대상이 사실은 허구이기 때문입니다. 그것을 깨닫는 단계를 ‘상징계’라고 하던가요. ‘나’는 비로소 객관화된 자아를 인식하게 되고 대상의 허위성을 깨닫게 됩니다. 그리고 결핍은 여전히 남게 됩니다. 어쩌면 그것이 우리 인간의 삶의 조건일 것입니다. 나 작가의 작품에서는 대부분 대상의 배신이나 장애, 환멸 등에 의해 대상의 허구성이 드러나더군요.

맞습니다. 현실의 삶은 그렇게 녹록하지 않지요. 그 꿈은 현실의 불온한 기운에 의해 여지없이 배신당하거나 깨지고 말지요. 현재의 삶은 ‘나’의 꿈과 상관없이 끝없이 균열되고 불온해집니다. ‘내’가 가족이 둘러앉아 도란도란 이야기를 나누며 단란한 식사를 할 수 있는 완전한 식탁을 꿈꿀수록 삶은 ‘불온한 식탁’ 위에 오른 불온한 요리로 변해 있습니다. 그것은 쥐가 들끓는 성이요, ‘더미’의 허위적인 삶이 됩니다.

「더미의 변명」에서 백조는 나를 배신하고 범털 형님과 내연의 관계임이 드러나지요. ‘나’를 희생물인 ‘더미’로

삼는 범털 형님의 음모도 드러납니다. 「금요일의 썸머타임」의 '그'는 어머니를 다락방에 가두고 못질을 하면서 어머니를 완전하게 소유하려 했던 '나'의 아버지의 모습처럼 '나'를 완전히 소유하고 싶어합니다. 「돈크라이」의 '성경'은 '나'를 속이고 퇴폐클럽에 출연하여 몸을 팔고 있습니다. 「태풍을 기르는 방법」에서 남편은 아버지처럼 병들어 있고, 「정오의 붉은 꽃」의 수경 역시 병들어 있습니다. 「쥐의 성」에서의 현실은 그야말로 쥐들이 수시로 출몰하는 세계이며, 남편과 강주의 비정상적인 성적 관계의 암시로 인하여 훼손되어 있는 세계입니다.

'내'가 그토록 벗어나려 소망했던 부모의 비정상적인 관계는 내 삶에 반복될 뿐입니다. '불온한 식탁'은 '내' 의지와 상관없이 '내' 삶에 반복됩니다. 이런 비관적인 삶의 이해가 나 작가 소설의 주요한 주제를 이룬다면 동의하실는지요. 무릇 우리네 삶이란 그런 영원한 결핍과 욕망 사이에 가로놓여 있다는 통찰이 나 작가 소설을 의미 있게 하는 것이란 생각이 듭니다. 상처 받은 이에게 보내는 그런 안쓰러운 시선과 공감의 위로가 어둡고 아픈 나 작가의 소설들을 빛나게 하는 점이라고 한다면 지나친 해석이 될

까요.

더구나 삶의 그런 조건에도 불구하고 다시금 새로운 삶을 모색하고 있는 '나'의 지향은 나 작가의 소설의 의미를 더 깊게 합니다. 물론 '실재계'의 인물들이 또다시 욕망의 좌절과 결핍을 경험하리라는 걸 알고 있다 하더라도 '나'의 그런 시도는 분명 에덴동산을 포기하지 않는 우리네 삶의 또 다른 의미가 될 것이기 때문입니다.

'나'는 삶이 그러함에도 불구하고 또 다른 희망의 노래로 스스로를 위로하면서 새로운 삶을 꿈꾸고 있습니다. 「태풍을 기르는 방법」에서는 태풍이 현재의 불온한 삶을 일소하고 새로운 세계를 가져다주기를 소망하고 있고, 「쥐의 성」에서는 보일러가 폭발하여 불온한 쥐의 성이 영원히 사라지기를 소망하여 보일러의 스위치를 내리지 않고 외출을 하게 되는 것이라고 보입니다.

태풍의 몸부림이 잦아 든 자리에 무지개가 뜰 것이다. 행과 불행이 공존하는 삶의 길 위에 한층 거세진 비바람이 몰아치고 있었다. 폐허를 딛고 뉴올리언스 마르디그라 축제가 다시 열리면 흰자위에 검은 점이 박힌 소녀는 황

홀하고 현란한 춤을 다시 출 것이다. 그때쯤 그를 이해할 수 있을지도 모르겠다는 나의 읊조림을 무지개를 잉태한 비바람이 자꾸 삼켰다. ―「태풍을 기르는 방법」

나는 전에 없는 밤 외출을 위해 대문을 나선다. 어스름한 골목길로 접어들자 내 앞을 가로막으며 커다란 쥐의 그림자가 드리워지는 것 같다. 급히 고개 돌려 뒤를 돌아보는 내 눈에 낡은 일본식 이층집이 보인다. 어둠에 붙들린 건물이 금세 내 앞으로 쓰러질 것 같다. 나는 걸음을 재촉한다. 휘황한 간판들이 즐비한 거리. 북적이는 인파 속으로 밀려들어 간다. 이제 이 도시에서 쥐의 성은 영원히 사라질 것이다. 잠이 쏟아진다. ―「쥐의 성」

「금요일의 썸머타임」 마지막 부분도 새로운 삶의 모색에 대한 암시가 분명하게 드러나 있습니다. 「돈크라이」에서도 환멸을 표현하고 있긴 하지만 삶에 대한 완전한 좌절에 이르지는 않고 있는 점을 확인할 수 있습니다.

나는 몸을 돌린다. 어둠 속에 서 있는 오피스텔이 보인다. 경쾌하게 울리는 구두 소리를 들으며 나는 썸머타임의 가사를 읊조린다. 그러니 쉿, 아가야 울음을 그치거라. 나의 창에 불이 환하게 밝혀져 있다. ―「금요일의 썸머타임」

창을 타고 흐르는 비처럼 흐느적거리며 걷던 내 입에서 노래가 흘러나온다.

Ain't got no place to lay your head(설사 머리를 기댈 곳이 없고), Ain't got no gal to make you smile(널 즐겁게 해 줄 여자 친구가 없어도), Don't worry, Be happy. Don't worry, Be happy….

나는 Don't worry, Be happy를 주문처럼 읊조린다. 허공으로 흩어져 사라지는 내 노래가 돈크라이 간판에서 흘러나온 현란한 불빛 속으로 빨려 들어가는 듯하다. ―「돈크라이」

「금요일의 썸머타임」의 '나'는 유년의 트라우마를 극복하기 위한 '반복강박'에서 벗어나려는 의지를 보여 주고 있는데, 이는 새로운 세계의 삶을 재설정하고 있음에 다름 아닐 것입니다. 다섯 벌의 원피스를 갖다 버리는 '나'의 행동이 바로 그것이랄 수 있겠지요. 이러한 '나'의 의미 있는 시도가 부디 새로운 결핍의 덫에 걸리지 않기를 소망해 봅니다.

나 작가 소설의 또 하나의 특징은 에로티시즘의 세계라고 보이는데요, 맞나요?

대부분의 작품에서 에로티시즘이 주요한 모티브로 등장하고 있는 것은 확실합니다. 「더미의 변명」, 「금요일의 썸머타임」, 「돈크라이」, 「정오의 붉은 꽃」, 「쥐의 성」 등의 작품에 예외 없이 강렬한 에로티시즘이 표출되어 있습니다.

내게 다가온 그녀가 내 손을 잡아끌었다. 또다시 그녀에게서 비릿한 젖 냄새가 났다. 환장할 그 젖 냄새. 익스프레스라고 적힌 트럭 뒤로 내 손을 이끈 그녀가 옆이 트인 치마 속 다리를 들어 내 사타구니 사이에 집어넣었다. 그러고는 내 바지 지퍼 위로 손을 얹었다. 나는 애써 몸을 뺐지만 손은 어느새 그녀의 가슴으로 가고 있었다. 그녀의 대리석 같은 살결은 따뜻했다. 손바닥에 와 닿는 그녀의 팔딱이는 심장 소리를 느끼자 노곤한 피로가 몰려왔다. 눈을 감았다. 내 머리를 쓰다듬는 그녀의 손길에 내 입에서 외마디 탄식이 새어 나왔다. ―「더미의 변명」

그의 손에 잡힌 가슴이 팔딱거렸다. 블라우스가 뱀 허
물 벗겨지듯 내 몸에서 떨어져 나갔다. 긴 머리를 만지던
그의 손이 내 한쪽 뺨을 받치고 어깨를 잡은 손에 힘을
가했다. 눈 감아, 물기 없는 그의 음색에 두 눈을 감았다.
말랑한 입술을 깨물며 비집고 들어오는 혀에 커피 향이
묻어 있었다. 커피 향을 깊이 들이마셨다. 어둠 속 부드
러운 머리가 물결치며 길들여지지 않은 흑마의 갈기처럼
그의 허리가 움직였다. ―「금요일의 썸머타임」

여자가 꼬았던 오른쪽 다리를 큰 원을 그리며 내려놓는
다. 다리 사이로 보이는 거뭇한 거웃이 뇌쇄적이다. 다가
온 강도식의 허리를 여자가 다리로 휘감을 때 '열 장의 날
개 주인공' 이 나타났다는 음성이 들린다. 강도식이 여자
를 안아 일으킨다. 허리를 감은 다리를 밀착시킨 여자의
얼굴이 강도식의 어깨에 걸린다. ―중략― 환한 주황색
불빛이 무대를 향해 내리꽂힌다. 격렬한 몸놀림을 하는
남녀를 따라 움직인다. 내 몸이 가위눌린 것처럼 움직여

지지 않는다. 황홀한 표정을 짓는 성경의 얼굴, 그녀를 안
고 무대를 천천히 돌고 있는 강도식, 낮은 탄성을 내지르
는 객석의 인간들이 모두 하나 되어 나를 속이고 조롱하
는 것 같다. 수초 간격으로 바뀌는 불빛에 뒤섞인 그들이
여러 가지 색으로 마구 범벅된 물감처럼 혼탁하게 보인
다. ―「돈크라이」

　나는 그녀의 몸속으로 깊숙이 침입한다. 순간 내 몸에
숨어 있던 모든 감각이 날을 세우고 일어나는 것 같다. 격
렬하게 그녀의 몸을 유린한다. 마치 내가 캡틴이 된 것 같
다. 어지럽다. 눈 아래로 그녀의 동그마한 엉덩이가 흔들
리고, 사당의 금줄에 매달린 남근이 흔들리고, 빨간 뽈똥
열매가 흔들리고, 수경의 수척해진 얼굴이 흔들린다. 눈
감은 나의 몸짓이 더욱 격해져 간다. ―「정오의 붉은 꽃」

　연속적인 여자의 신음. 간헐적으로 들리는 남자의 흥분
된 외마디에 유두가 빳빳해지는 느낌이다. 방문을 돌려
본다. 쉽게 열린다. 문틈으로 방문을 마주보고 앉아 있는
텔레비전 화면이 눈에 들어온다. 네모진 화면 안에서 벌

거벗은 남녀가 서로의 성기를 열심히 빨고 있다. 화면이
각도를 달리해 바뀔 때마다 신음과 야합한 붉은빛이 잠자
고 있는 이들 위에서 배회하고 있다. —「쥐의 성」

　나 작가 소설의 에로티시즘은 인간의 원초적 본능의 표
현이라거나 자연성의 표현으로 보기는 어렵겠습니다. 그
보다는 불온하고 부정적인 듯하군요. 빈번하게 나타나는
에로티시즘적 모티프는 대체로 비정상적인 대체물로 나
타나 있다는 것입니다. 온전하게 순수한 애정의 바탕 위에
성립되어 있지 않다는 것이지요. 오히려 그것은 왜곡된 애
정의 도착을 표현하는 데 기여하고 있습니다. 「더미의 변
명」에서 백조와 범털 형님의 정사 장면은 '나'의 애정 전
선을 파탄으로 이끕니다. 「금요일의 썸머타임」에서 '나'
와 '그'의 애정 장면 이후 '그'가 어머니를 완전히 소유하
려 했던 아버지처럼 '나'를 소유하고 싶어하고 있음을 알
게 됩니다. 그와의 결혼이 결국 아버지처럼 나를 구속할
것이란 강박감은 결국 그와의 결혼을 포기하게 하지요. 애
정의 파탄에 이르는 것은 역설적으로 정사 장면을 계기로
하고 있다는 점에 주목할 필요가 있겠습니다.

「돈크라이」의 성경과 강도식의 공공연한 정사 장면 역시 주인공의 모성지향성에 대한 환멸을 부추깁니다. 「태풍을 기르는 방법」에서는 남편의 섹스에 대한 탐닉이 병적 징후로 그려지고 있습니다. 이처럼 나 작가의 에로티시즘은 진정한 연인들에게서 발견되는 정신적 공감의 영역과 육체적 융합이 일치하는 것이 아닌 듯합니다.

조르주 바타유는 『에로티즘』에서 에로티시즘을 육체적 에로티시즘, 심정적 에로티시즘, 신성의 에로티시즘으로 개념화한 바 있습니다. 그러나 이는 엄격히 분리되는 개념이 아닙니다. 바타유는 이 세 가지 형태의 에로티시즘 중, 근본적인 것으로 육체의 에로티시즘을 들고 있는데, 심정적 에로티시즘도 결국 육체적 에로티시즘의 안정된 한 가지 유형에 지나지 않는다고 보는 것입니다. 사랑에 빠진 사람은 연인과의 육체적 결합과 심정적 결합을 통해 완전한 융합에 이르고, 불연속적인 개체인 그들이 연속성을 획득하리라고 생각하지만, 다시 말해 사랑의 대상을 소유하게 되면, 고독에 짓눌린 심정이 사랑의 대상과 하나가 될 것이라 기대한다는 것입니다. 그러나 그 기대는 착각이라고 합니다. 그것은 에로티시즘의 근본 동력이 되는 열정의 성격 때문이라는군요. 열정은 행복에 대한 기대에도 불구하고 동요와 혼란을 수반합니다. 격렬한 에로티시즘적인 열정은 대부분 고통을 낳습니다. 앤소니 기든스는 사랑을 이상화되고 모성적인 '낭만적 사랑'과 사랑의 감정과 에로티시즘의 일반적 연관을 표현하는 '열정적 사랑'으로 나누고, '열정적 사랑'에 빠진 사람의 관심은 자신이 사랑하는 대상에 너무도 강력히 묶여 있어 인간관계라는 면에서는 파괴적이고 위험한 것이며 일종의 질병과 같은 광기라고까지 했습니다.

열정의 이러한 성격 때문에 에로티시즘은 이미 '침울하고 어두운 어떤 것'을 내재하고 있다고 할 것입니다. 나작가의 작품에 나타나는 에로티시즘도 불안과 혼란을 내재하고 있습니다. 「더미의 변명」에서 '나'는 '백조'와의 모성적 사랑이나 '낭만적 사랑'을 꿈꾸지만, 혹은 육체적 에로티시즘과 심정적 에로티시즘의 행복한 결합을 꿈꾸지만 그것은 착각인 게 드러납니다. '백조'와 '범털 형님' 사이의 에로티시즘의 설정이 '백조'와 '나' 사이의 심정적 에로티시즘이나 '낭만적 사랑'의 결여를 여실히 보여주고 있습니다. 「돈크라이」의 에로티시즘도 마찬가지입

니다. 이처럼 나 작가의 작품에 드러나는 에로티시즘은 육
체적 에로티시즘이나 심정적 에로티시즘의 어느 한쪽이
결여되어 있음을 일관되게 보여주고 있습니다. 「더미의
변명」이나 「돈크라이」에서는 심정적 에로티시즘이 결여
되어 있다면 「정오의 붉은 꽃」에서는 육체적 에로티시즘
의 결여를 보여 주고 있습니다. 여기서 별장의 여자와 나
누는 격렬한 섹스는 수경과의 섹스 결핍에서 오는 반대급
부로 개들의 교배와, 남근상의 모티프와 오버랩되면서 육
체적 의미를 형성하지만 그렇다고 그것이 온전히 에로티
시즘의 긍정으로 나아가지는 않습니다. 그녀와의 섹스에
서 '나' 는 여전히 '수경' 을 떠올리고 있기 때문입니다. 이
것은 수경과 '나' 사이에 심정적 에로티시즘만 존재할 뿐
육체적 에로티시즘이 결여되어 있으며 반대로 '나' 와 '별
장 여자' 와의 사이에는 육체적 에로티시즘만 있을 뿐 심
정적 에로티시즘이 결여되어 있다고 보입니다.

　이처럼 나 작가의 에로티시즘은 어느 한쪽이 결여된 불
구의 에로티시즘으로 불안과 혼란과 환멸을 내포하고 있
습니다. 바타유는 섹스를 작은 죽음으로 표현한 바 있는데
「태풍을 기르는 방법」의 '나' 역시 섹스를 '버거운 무게

를 감당하지 못한 태풍이 몸부림칠 때 공포에 떠는 인간들
이 몰입하는' 것으로 파악하고 있다는 것은 나 작가의 에
로티시즘의 성격을 단적으로 보여 주는 것이라고 할 수 있
겠습니다. 그것은 불온한 에로티시즘으로 모두 불온한 식
탁을 구성하는 모티프로 작용하고 있다는 것이지요. 나 작
가의 작품에 나타나는 에로티시즘은 주제를 형상화하는
데 효과적으로 기여하고 있다고 생각됩니다. 전체의 구성
과 인물의 성격이 에로티시즘의 성격과 잘 맞아떨어진다
고 할까요.

나 작가의 소설은 얼핏 보면 페미니즘의 자장(磁場) 속
에 위치하고 있는 것처럼 보입니다. 소설에 등장하는 아버
지의 상이 대부분 여성을 구속하거나 가족에 무책임하거
나 이기적인 애정행각을 자행해서 가족에게 상처를 주는
부정적인 것이기 때문이지요. 그런 아버지상은 전근대적
인 가부장적 권위자로서의 아버지의 모습을 닮아 있고, 또
그런 아버지의 행태가 어머니나 '나'에게 억압으로 작용
하고 있다는 점에서, 가부장적 페미니즘의 기의와 흡사한
데가 있습니다.

그러나 그런 부정적인 아버지의 존재가 가부장적 사회

구조 내에서 형성되었다거나, 그런 사회구조의 기표로서 작동하고 있지는 않는 것으로 보입니다. 그 각각의 아버지는 사회구조의 기표가 아니라, 열등감이나 장애성에 의한 성격을 띠고 있기 때문입니다. 그래서 '나'의 아버지가 억압적이거나 권위적인 모습으로만 그려지지 않고 연민의 대상으로 나타나기도 하는 이유가 거기에 있을 것입니다.

「더미의 변명」에서 아버지는 희화적이게도 '김일의 박치기'를 구경하다가 뇌출혈로 세상을 떠납니다. 「금요일의 썸머타임」의 아버지 역시 희화적으로 그려져 있는데 측간에서 볼 일을 보다 소가 그의 엉덩이를 핥는 바람에 말더듬이가 됩니다. 그것이 아버지의 아내에 대한 열등감이 되고 어머니를 다락방에 가두고 '나'를 구속하는 계기가 됩니다. 결국 비극의 발단은 소의 못된 소행에 있게 되는 셈인데요. 이는 아버지의 억압성이 사회적 구조 속에 있지 않고 개인적 계기에 있었다는 이야기일 수 있습니다.

「돈크라이」에 나타난 아버지에 대한 '나'의 의식도 개인적 아버지에 관한 것이지 사회적 아버지는 아닌 듯합니다. 물론 '술을 마시고 어머니에게 패악을 부리는' 성격적 결함이 어머니를 떠나게 했고 또 그것이 당시 사회의 가부장적 의식이나 구조 속에 기인하고 있다고 해석할 수도 있겠으나 '나'의 아버지에 대한 의식은 다소 연민의 감정으로 나타나고 있음도 사실인 듯하군요.

「태풍을 기르는 방법」에 나타난 아버지나 남편은 분명한 연민의 대상으로 나타납니다. 병석에 누워 나에게 옛날 이야기를 들려주며 눈물을 흘리는 아버지는 가부장적 아버지의 모습과는 거리가 있습니다.

이처럼 나 작가의 소설은 대사회적 의미를 억지로 의도하지도 않으며 하나의 주의를 표방하지도 않는 것으로 파악됩니다. 나름대로의 인간과 인생에 대한 이해를 바탕으로 충실하게 소설 문법을 따르고 있을 뿐이라는 생각입니다. 페미니즘이란 하나의 시각으로 나 작가의 작품을 재단하기에는 곤란한 측면이 있어 보입니다. 나 작가가 시도하는 인간 이해는 그보다 훨씬 폭이 넓은 것으로 보이는데, 나 작가의 생각은 어떤지 궁금하군요.

반대로 나 작가의 소설이 부정적 남성상을 드러내면서도 왜 페미니즘적 문법에 충실하지 못하고 어정쩡하냐고 비판할 수도 있겠습니다. 그러나 나 작가의 소설이 인간의 이해에 초점이 맞춰져 있지 사회적 시각에 있지 않다는 점을 인정한다면, 한 작가에게 특정한 사회적 시각을 요구하는 것은 적절하지 못해 보입니다. 우리가 소설에서 기대하는 것이 반드시 대사회적 의미일 필요는 없기 때문일 것입니다. 그것은 편협한 주의자를 요구하는 것 이상도 이하도 아닐 것입니다. 나 작가의 소설은 처음부터 그런 의미를 의도하지도 않았고 구조적으로 형상화하지도 않고 있더군요. 그것은 나 작가의 한계가 아니라 폭넓고 보다 융숭한 인간 이해의 표현이라고 믿어집니다. 소설은 사회적 감수성을 요구하기도 하지만, 더 넓게는 개인적 감수성에 더 많이 기대고 있는 예술이기 때문입니다.

나 작가의 소설 문체에 대해서도 언급을 하고 넘어가야겠습니다. 나 작가 소설의 문체적 특징은 우선 그 다양한 어조의 변주에 있을 것입니다. 나 작가의 어조는 때로는 섬세하고 결이 고운 감수성을 지니기도 하고 때로는 '좆같이 아름다운 세상'이란 표현처럼 불온하기도 합니다. 이러한 독특한 어조의 변주가 소설을 잘 읽히게 하는 효과를 발휘하는 것으로 보입니다.

문체는 기법이다, 라는 말에 동의한다면 상징 기법에 주목해 볼 필요가 있겠습니다. 나 작가는 상징을 능란하게

잘 사용하고 있다고 보입니다. 「더미의 변명」에서 '더미'
는 결국 소설 속 주인공이 이용당하는 허위적 삶의 상징이
며, '젖 냄새'는 모성의 상징입니다. 특히 '썸머타임',
'Don't worry, Be happy', '전설' 등의 음악은 주제를 형
상화하는 주요한 상징물로 보입니다. 이 밖에도 '장미향'
과 이에 대비되는 '개고기 냄새', '젖 냄새', '허브향' 등
은 후각적 이미지를 활용한 상징물이지요. 「태풍을 기르
는 방법」의 '태풍'이나 「금요일의 썸머타임」의 '원피스'
를 버리는 행위는 이 불온한 현실을 일소하고 새로운 삶으
로의 모색을 꿈꾸는 의미를 상징하고 있다고 보이는군요.
'쥐'는 삶의 불온성을 가장 리얼하게 보여 주는 상징물로
생각됩니다. 이러한 상징물들은 주제를 효과적으로 드러
내는 데 기여하고 있고 문체를 보다 풍부하게 해 주고 있
음은 물론입니다.

　이상에서 나 작가의 첫 창작집에 실린 작품의 특징을 나
름대로 정리해 보았습니다. 그러나 이 해설의 내용은 어디
까지나 필자의 개인적인 견해일 뿐입니다. 나 작가의 작품
의도와 동떨어진 해석도 있으리라 생각됩니다. 그건 전적
으로 필자의 독서 능력의 부족에서 오는 것이지 나 작가의

역량 문제가 아니라는 점을 밝히고 싶습니다. 또 다른 가
능성과 한계의 발견은 다른 독자의 몫일 것입니다.

　작품집을 다 읽고 느낀 소감을 한마디로 줄이면 즐거움
이 될 것입니다. 나 작가의 작품세계가 현재보다 훨씬 더
넓은 가능성의 지평에 서 있다는 점을 발견하는 즐거움 말
입니다. 책 한 권을 지루하지 않게 한나절 동안에 다 읽게
하는 나 작가의 역량을 발견해 나가는 즐거움이기도 할 것
입니다. 그것이 또한 나 작가의 다음 작품집이 기다려지는
이유라 할 수 있겠습니다. 특히 작품집 마지막에 실려 있
는「즐거운 인생」은 앞으로 나 작가의 새로운 변모를 예감
케 하는 작품이라 반갑습니다. 나 작가의 더 큰 성취와 정
진이 있기를 바랍니다.

작가의 말

모든 것은 정착하지 못하고 또 변한다는 생각을 하면 삶이 얄팍하게 느껴진다.

그럼에도 불구하고 지칠 줄 모르는 나의 의지는 끝없는 욕구와 충동을 낳는다.

하나를 버리면 둘이 채워지는 욕망으로부터 벗어나는 순간이 온다면 S가 없어도 만족할 수 있을까.

웬만해선 절정을 모르는 S를 만족시킬 테크닉이 나는 절대로 부족하다.

에둘러 다닌 수많은 날들에 대한 변명이다.

이제 부끄럼과 겁 없이 S와 만든 반편이들을 세상에 내보낸다.

S 때문에 잃어버리고 또 얻은 것의 차이에서 오는 삶의 비틀거림 따위는 생각하지 않으련다.

등단 10년째, "제발이지 펜 놓지 말고 열심히 써라" 하시던 이윤기 선생님의 말씀이 아직도 귀에 생생한데… 게으름을 용서하십시오. 선생님의 영전에 첫 작품집을 바칩니다. 출판을 맡아 주신 산지니 강수걸 사장님, S와의 연애를 부추기고 해설까지 써 주신 정태규 대장님, 덕분에 이 글을 씁니다. 고맙습니다.

아버지, 어머니, 자식들 때문에 헤집어진 마음이 조금이라도 다독여졌으면 하는 바람으로 제 반편이들을 안깁니다. 모두들 비웃어도 무조건 귀히 여겨 주실 두 분, 사랑합니다.

그리고… J야, 보고 싶다.

2010년 10월

또따또가 집필실 〈여유〉에서

나여경

불온한 식탁

초판 1쇄 펴낸날 2010년 11월 24일

지은이 나여경
펴낸이 강수걸
펴낸곳 산지니
등록 2005년 2월 7일 제14-49호
주소 부산광역시 연제구 거제1동 1493-2 효정빌딩 601호
전화 051-504-7070 | **팩스** 051-507-7543
sanzini@sanzinibook.com
www.sanzinibook.com

ⓒ나여경, 2010
ISBN 978-89-6545-125-9 03810

값 12,000원

*2010년 부산문화재단 문학창작지원금을 수혜하였습니다.
*이 도서의 국립중앙도서관 출판시도서목록(CIP)은 e-CIP 홈페이지
 (http://www.nl.go.kr/cip.php)에서 이용하실 수 있습니다.
 (CIP 제어번호 : CIP 2010003971)